KB070471

하루에 단 한 번

하루에 단 한 번

나를 살리는 1분 명상

권복기 지음

한겨레출판

단 1분의 기적

잠을 잘 때, 화장실에서 양치질을 할 때, 설거지를 할 때, 음식을 먹을 때 우리가 명상을 하고 있다는 사실을 아세요?

까르르 웃는 아기의 얼굴을 마주보며 환한 웃음을 지을 때, 사랑하는 이를 생각하며 선물을 고를 때, 지는 노을을 보며 감탄할 때도 우리는 잠깐씩 명상을 합니다.

명상은 어려운 게 아닙니다. 따로 시간을 내지 않아도 됩니다. 삶 속에서 가능합니다. 누구나 언제 어디서든 할 수 있습니다.

명상의 목적은 쉼입니다. 몸의 쉼도 중요하지만 더 중요한 것은 마음과 정신까지 쉬는 것입니다. 몸은 끊임없이 움직이더라도 마음과 정신이 쉬고 있다면 그 순간이 명상을 하고 있는 때입니다.

하지만 우리 마음은 여러 가지 감정으로 쉴 틈이 없습니다. 마음 속에는 기쁨, 슬픔, 성냄, 불안, 초조 등의 감정이 늘 떠다닙니다. 정신도 마찬가지입니다. 많은 사람들이 현재를 살지 않고 과거나 미래를 삽니다. 과거를 다시 살 수 있듯이 상상의 나래를 펴거나 다가올 미래에 대해 이런저런 생각과 걱정을 합니다.

어떻게 하면 제대로 된 쉼, 명상을 할 수 있을까요? 방법은 간단합니다. 다름 아닌 지금 하고 있는 일에 정신과 마음을 모으는 것입니다. 설거지를 할 때는 설거지를 하고, 음식을 먹을 때는 음식을 먹고, 길을 걸을 때는 길을 걷는 것입니다.

이때 중요한 것은 자신이 지금 만나고 있는 모든 존재들을 사랑으로 대하는 것입니다. 그릇과 그릇을 씻어주는 물 안에 깃든 하늘을 바라보고, 과일 하나를 먹을 때도 우리를 위해 자신의 생명을 버린 그 존재에 감사한 마음을 갖고, 돌멩이, 풀, 꽃 등 길을 가며 만나는 모든 것들에 사랑하는 마음을 보내는 것입니다.

그런 점에서 삶 속에서 하는 생활명상은 여러 종교나 수행 단체의 가르침과 다르지 않습니다. 이는 기도하는 삶이자 범사에 감사하는 삶이며 일상에서 화두를 드는 것과 같습니다.

하루에 1분씩만 생활명상을 해보시기 바랍니다. 잠깐 동안이라도 만나는 모든 존재를 부처님처럼 여기고 자신이 하는 모든 일을 부처님께 바치는 불공이라 여겨보세요.

　　또 예수님 말씀처럼 자신이 겪는 모든 일에 감사하고, 자신이 만나는 모든 존재 안에 계신 하느님을 경배하는 마음을 가져보세요. 그 짧은 1분이 모여 10분이 되고 1시간이 됩니다. 시간이 길어질수록 우리의 생활이 달라지고 삶이 행복해집니다. 마음속에서 잔잔한 기쁨이 솟아납니다.

　　이 글은 저의 글이 아닙니다. 인류의 위대한 성자들이나 스승님들께서 전하신 가르침을 고스란히 옮긴 데 불과합니다. 제 짧은 소견이나 서투른 식견이 덧붙어 있기는 하지만 모두 그분들의 가르침에 뿌리를 두고 있습니다. 그런 스승님들께 몸과 마음을 다해 가없는 존경을 바칩니다.

2008년 10월
권복기

책머리에
단 1분의 기적 5

내 가슴 열기

차례

내 일상 어루만지기

내 몸과 마주하기

타자 껴안기

내 가슴 열기

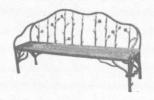

나눌 때 만족감은 배가 됩니다.

질투하는 나, 미워하는 나, 사랑하는 나... 모두 나입니다.

사랑은 줄수록 커진다는 말, 정말입니다.

비와 구름, 천둥과 번개도 푸른 하늘에 상처를 주지 못합니다.

산의 넓은 품에서 나고 살고 죽는 생명이 얼마나 많은지, 경이로울 따름입니다.

하늘은 빛과 그늘을 함께 살게 하셨습니다.

나눔의 보살행

누구나 행복을 원합니다. 성현들은 너무도 간단한 비결을 알려주셨습니다. 만족입니다. 하지만 우리는 늘 부족하다고 여깁니다. 그래서 늘 바라는 마음을 갖고 삽니다. 또 부러워합니다. 늘 자기보다 잘사는 사람을 부러워하고, 자신보다 높은 자리에 있는 사람을 쳐다봅니다.

말로는 잘사는 사람이나 높이 있는 사람이나 밥 한 끼 먹는 것은 똑같다고 합니다. 잠잘 때도 100평 아파트나 17평 아파트나 마찬가지라고 자신을 위로합니다. 그런데 말은 그렇게 하지만 마음속에는 부러움이 가득합니다.

나눌 때 만족감은 배가 됩니다.

한번 돌아보세요. 자신이 가진 것이 얼마나 많은지 떠올려보세요.

요즘엔 밥을 굶는 사람이 많지 않습니다. 30년 전만 하더라도 쌀밥을 먹지 못하는 집이 많았지만 지금은 쌀이 남아도는 시대가 됐습니다. 달걀이 귀한 때가 있었지만 지금은 식당에서 덤으로 주는 반찬의 하나입니다. 입는 것도 그렇습니다. 옷장을 열어보세요. 최근 들어 한 번도 입지 않은 옷이 얼마나 많습니까. 신발도 마찬가지입니다.

눈을 감고 자신이 가진 것을 하나씩 떠올려봅니다. 옷, 신발, 책 등 물건에서부터 자신을 사랑하는 가족, 친구, 직장 동료 등.

생각해보면 우리는 참으로 많은 것을 갖고 있습니다. 그런 것을 떠올리며 우리 자신은 부족함이 없다고 생각해봅니다. 더 가질 것도, 더 바랄 것도 없다고 속으로 생각합니다.

만족감이 더 커질 때는 나눌 때입니다. 굳이 쓰지 않는 것들은 필요한 사람들에게 나눠줘 보세요. 마음이 더욱 풍요로워지는 것을 느낄 수 있습니다. 가장 아끼는 물건을 줘보세요. 그때 마음은 더욱더 행복해집니다. 그런 행동을 보살행이라고 합니다. 기도나 명상도 중요하지만 사랑과 자비의 마음으로 이타적인 행동을 하는 것보다 더 훌륭한 명상은 없습니다.

내 안의 나

우리는 스스로 한계를 두는 경향이 있습니다. 나는 이런 사람이야, 나는 무엇을 좋아해, 나는 무엇을 싫어해 등등.

그런 자신을 돌아보면 실망스러울 때도 있습니다. 그러나 그런 모습에 실망해서는 안 됩니다. 역시 나는 안 돼, 라고 말하는 대신 자기 안에 깃든 다양한 얼굴을 발견하는 재미를 느껴보세요. 성공한 친구 앞에서 진심으로 축하한다고 말하는 자기 안에서 부러움과 질투심이 솟아오르면 '아, 내 안에 그런 생각이 있구나' 하고 생각하세요. 길을 가다 마음에 드는 이성에게 눈길이 가면 그런 이성을 좋

질투하는 나, 미워하는 나, 사랑하는 나… 모두 나입니다.

아하는 자신을 그냥 지켜보세요. 만나서 불편한 사람이 있으면 '나는 저런 사람을 싫어하는 구나'라고 인정하세요.

자신의 모습을 있는 그대로 인정하고 또 마음속의 생각을 있는 그대로 표현할 필요가 있습니다. 우리 안에는 수천 개의 얼굴과 수만가지 생각이 있습니다. 그 모두가 우리 자신입니다. 그렇게 자기 안의 수많은 자신을 인정해나가다 보면 마음이 점점 편해집니다. 때로는 자신의 어떤 모습이 만들어지게 된 과거의 아픈 기억을 떠올리게 되기도 합니다.

인정하고 받아들이는 것으로 끝나면 안 됩니다. 자기 안의 다양한 모습 가운데 누가 보아도 훌륭한 점을 발견하면 기뻐하세요. 내가 조건 없이 다른 사람을 도왔을 때는 칭찬해주세요. 내가 남의 아픔을 내 아픔처럼 괴로워할 때는 그런 동병상련의 마음이 있음을 대견하게 여기세요.

좋은 마음이 나올 때마다 칭찬하고 북돋워주세요. 그렇게 선한 마음에 물을 주다 보면 우리 자신이 점점 훌륭한 사람으로 바뀌어갑니다. 우리 안에 깃든 본래 성품을 되찾아갑니다.

범사에 감사하라

예수님께서는 범사에 감사하라는 말씀을 하셨습니다. 이를 추상적으로 이해하는 분들도 있지만 제게는 그 말씀이 아주 구체적으로 다가옵니다.

어떤 분들은 그 말씀을 지키기 위해 밥을 먹거나 누구를 만날 때 감사하다는 말을 입으로 되뇌기도 합니다. 실행하지 않는 것보다야 낫겠지만 입으로만 하는 감사는 올바른 감사가 아닙니다. 입이 아닌 가슴으로 감사하는 마음을 실감해야 합니다.

책을 예로 들어볼까요. 책을 펴들 때 하느님, 이 책을 주셔서 감사합니다, 라고 할 수도 있습니다. 그런 마음을 갖는 것만으로도 훌륭합니다. 하지만 좀더 구체적으로 해보세요.

책을 살 때나 책장에서 꺼내 들 때 먼저 책 자체에 감사하는 마음을 가져봅니다. 이 책이 만들어질 수 있도록 자신의 몸을 바친 나무들을 잠깐 떠올리며 감사한 마음을 전합니다. 그리고 그 나무를 키워준 햇볕과 비와 흙에 대해서도 그런 마음을 갖습니다. 나무를 종이로 만들고 종이를 책으로 만든 사람들과 이 책에 글을 쓴 사람들에게도 감사하는 마음을 보냅니다.

무엇보다 이 모든 일을 주관하신 하느님에게 감사하는 마음을 갖습니다. 드넓은 우주 가운데 지금 내가 서 있는 이곳에서 이 책과 만나도록 해준, 그리고 이 책을 통해 당신의 목소리를 전하시려는 그 위대한 분에 대해 마음 깊은 곳으로부터 감사하는 마음을 보냅니다. 눈을 감고 그 마음을 느껴봅니다. 그렇게 감사하는 기분에 젖어 책을 펴고 읽습니다. 그런 기분에 젖으면 책을 읽는 행위 자체가 감사이자 기도이며 예배가 됩니다. 다른 일을 할 때도 마찬가지입니다.

부모님께 🌸 2005년 11월 30일
부모님, 저키우느라 힘드시죠?
이제저가 안마도 해드릴게요.
요번기말고 사잘볼게요...
못볼지도 모르지만 열심히할
께요 🌸 저 학교도 열심히 다니고
학원도 열심히 다닐께요.
교정기도 50만원 쥬고사주
셨는데 어저께 쥬고사주
에 떨어져있는데 진대밑
가 졌아서 걱정께저서 죄송
해 🌸 부모님 사랑해요
혜빈올림.. 🌸

Merry Christmas 💛

감사할 일이 참으로 많은 세상입니다.

23

우주를 보듬는 품

제가 좋아했던 노래의 가사가 생각이 납니다.

아침에 눈을 뜰 때면

열려진 작은 창문으로

열린 만큼 쏟아지는 햇살

우리 사랑도 그만큼만 쌓인다고 하던데

내 가슴은 얼마나 열어 놓았는지.

내 가슴 열기

누구나 사랑을 원합니다. 사랑을 받지 못해 외롭고 힘들어하는 분들도 많습니다. 하지만 사랑은 위 노래의 가사처럼 자신의 가슴이, 마음이 열린 만큼 들어옵니다.

분별하고 따지는 것은 마음을 닫게 만듭니다. 주위 사물을 있는 그대로 받아들일 때 마음이 열립니다. 있는 그대로 받아들인다는 말은 무조건 참는 것과는 다릅니다. 불의와 싸울 수도 있습니다. 중요한 것은 싸움의 대상을 미워하지 않는 것입니다. 싸움의 목적도 상대방을 불의로부터 구해내기 위한 것이어야 합니다.

그렇게 되기 위해서는 마음이 열려 있어야 합니다. 마음을 여는 데도 연습이 필요합니다. 고요히 자리에 앉거나 서서 눈을 감고 몇 차례 숨을 편안하게 내쉬어봅니다. 그런 다음 두 손을 앞으로 뻗어 손바닥을 마주합니다. 천천히 숨을 마시면서 두 팔을 좌우로 벌립니다. 마음속으로 내 가슴이 점점 커진다고 생각합니다. 그런 다음 숨을 내쉬면서 팔을 다시 처음 자세로 모읍니다.

다시 숨을 크게 들이마시면서 두 팔을 좌우로 벌립니다. 내 가슴이 점점 커져서 내가 좋아하는 사람은 물론 미워하는 사람들까지 품어 안는다고 생각합니다. 다시 팔을 모은 뒤 숨을 들이마시면서 이

품안에 우주를 담을 준비가 되었나요?

내 가슴 열기

번에는 가슴이 점점 커져서 온 세상을 감싸 안는다고 생각합니다. 다음에는 온 우주를 감싸 안는다고 생각합니다.

그런 다음 온 우주를 감싸 안은 자신의 마음을 느끼면서 쉽니다. 가슴 안의 우주와 그 안의 모든 존재에게 사랑하는 마음을 보냅니다. 그런 연습을 자꾸 하다 보면 가슴이 점점 넓어지고 그 속에서 사랑의 느낌이 솟아오르는 것을 느낄 수 있습니다. 연습을 계속 하다 보면 놀라운 사실을 경험하게 됩니다. 내가 사랑할 때, 사랑받는다는 느낌이 더 커진다는 사실입니다.

사랑은 줄수록 커진다는 말, 정말입니다.

하늘 닮기

가끔씩 하늘을 보세요. 힘들고 지치고 외로울 때 하늘을 보세요. 하늘은 모든 것을 품어 안습니다. 그런 하늘을 닮겠다고 마음먹어 보세요.

하늘에는 밝은 태양이 환하게 비칠 때도 있지만 구름이 끼어 흐리거나 비가 오고 천둥, 번개가 칠 때도 있습니다. 하지만 하늘은 이들을 그저 품어 안고 있습니다.

우리 마음도 날씨와 비슷합니다. 낮처럼 밝을 때도, 밤처럼 어두울 때도 있습니다. 맑게 갠 날도 있고 흐린 날도 있으며 비가 내리거

힘들 때 하늘을 보세요. 하늘은 늘 그 자리에서 당신을 지키고 있습니다.

나 심지어 천둥 번개가 칠 때도 있습니다. 만나는 사람, 겪는 일에 따라 마음의 날씨는 변화무쌍합니다. 맑다가 어느 순간 잔뜩 흐려지기도 하고 벼락같이 화가 치밀기도 합니다.

하지만 그런 감정의 변화는 하늘 위에서 펼쳐지는 날씨와 같은 것입니다. 그것이 우리 자신이 아님을 알아야 합니다. 그 뒤에는 하늘처럼 맑고 밝고 환한 우리의 본성이 있습니다. 영원히 변치 않는 것은 하늘을 닮은 우리의 본성입니다.

마음이 힘들 때마다 하늘을 떠올려보세요. 시간이 되면 밖으로 나가 하늘을 올려다 보세요. 비, 구름, 천둥, 번개 등은 그저 스쳐 지나가는 것일 뿐입니다. 그 어느 것도 푸른 하늘에 상처를 주지 못합니다.

이유는 간단합니다. 하늘은 그 모든 것을 품어 안고 있기 때문입니다. 우리 모두 기쁜 일뿐 아니라 속상한 일도 많이 겪을 수 있습니다.

하늘처럼 모두를 품어 안아보세요. 다른 이의 잘못을 눈감아 주라는 게 아닙니다. 잘못한 사람에 대해서는 그 사람이 더 이상 잘못을 저지르지 않도록 비판할 필요도 있습니다. 대신 하늘의 마음으로 그렇게 해보세요.

　하늘의 마음이 잘 실감나지 않으면 부모의 마음으로 하시면 됩니다. 부모님은 자녀의 잘못을 호되게 나무라고 때론 매도 들지만 미워하는 마음을 갖고 있지는 않습니다. 그런 마음이 하늘의 마음과 가깝습니다.

　하늘의 마음으로 살다 보면 가장 먼저 우리 자신의 마음이 하늘처럼 넓어집니다. 평화로워집니다. 너그러워집니다. 또 그런 사람은 하늘이 돌보고 도와주십니다.

물의 마음으로

상선약수(上善若水).

노자의 도덕경에 나오는 유명한 구절입니다. 최고의 선은 물과 같다는 뜻입니다. 삶에 비유하면 물처럼 사는 삶이 가장 좋다는 말이겠지요.

큰 스승님이 하신 말씀이 생각납니다.

"물은 끊임없이 자신을 낮춥니다. 깨끗하거나 더러운 곳을 가리지 않습니다. 물은 가장 낮은 곳부터 보듬습니다. 그런 성품을 갖고 있기 때문에 세상 만물 중 위에서 아래로 떨어지는 소리 가운데 들

물은 만물을 이롭게 하면서도 다투지 않습니다.

기 좋은 것은 물소리밖에 없습니다. 그런 마음을 지니고 있기 때문에 물은 바다로 흘러가 수증기가 되어 높디높은 하늘로 올라갈 수 있습니다."

물처럼 살려고 노력해보세요. 어디에서든 자신을 낮추는 사람이 되어보세요. 스스로 낮추면 도리어 주위로부터 높임을 받게 됩니다. 같이 일하는 상사나 후배들이 먼저 잘 되도록 도와보세요. 자신도 함께 잘 됩니다.

좋아하는 사람은 물론 싫어하는 사람까지 보듬어보세요. 미워하는 사람을 사랑하게 되면 살면서 겪는 괴로움이 대부분 사라집니다.

물처럼 낮은 곳에 먼저 다가가보세요. 잘나고 힘센 사람 주위보다 어렵고 약한 사람들에게 먼저 마음을 주세요. 그들을 돕는 일에 마음을 내어보세요. 직장에서도 마찬가지입니다. 힘들어하는 분들을 돕다 보면 자신의 삶이 더욱 풍요로워지는 것을 알 수 있습니다.

그런 연습도 물이 흘러가듯 자연스럽게 해보세요. 노자는 상선약수에 이어 수선이만물이부쟁(水善利萬物而不爭)이라고 했습니다. 물은 만물을 이롭게 하면서도 다투지 않는다는 뜻이지요. 좋은 일, 착한 일이라고 하더라도 남보다 앞서고자 애쓰는 것은 물의 성품에서

멀어지는 것입니다.

　물의 마음을 닮아보세요. 그런 마음으로 살면 물이 수증기가 되어 푸른 하늘의 구름이 되듯, 우리 삶도 아름답게 승화되지 않을까요.

산처럼 어질게

우리나라는 산이 많은 나라입니다. 많은 이들이 건강을 위해 산을 찾습니다. 맑은 공기를 마시며 운동을 할 수 있고, 좋은 경치도 감상할 수 있습니다. 사방이 탁 트인 봉우리에 오르면 가슴속까지 시원해집니다. 그렇게 산은 우리에게 많은 것을 줍니다.

인자요산지자요수(仁者樂山智者樂水)라고 하지요. 어진 사람은 산을 좋아하고 지혜로운 사람은 물을 좋아한다는 말입니다.

어진 사람이 좋아한 산이니만큼 산에는 어진 성품이 깃들어 있습니다. 산은 자신에게 깃든 모든 것을 품어 안습니다. 나무와 풀은

산의 넓은 품에서 나고 살고 죽는 생명이 얼마나 많은지, 경이로울 따름입니다.

물론이고 산짐승과 벌레들도 산의 품 안에서 나고 살고 죽습니다. 산은 그저 찾아오는 이들을 고요히 품어줄 뿐 시비를 가리지 않습니다. 잘생긴 나무만 살게 하거나 삐뚤어진 나무를 내치지도 않습니다.

산에 오를 때 산의 어진 마음을 닮겠다고 생각해보세요. 산처럼 우리 주위에 있는 모든 것들을 너그러운 마음으로 품어 안겠다는 마음을 내어보세요.

바위 위에 앉아 잠시 눈을 감고 자신의 몸이 산만큼 커졌다고 생각합니다. 더불어 자신의 가슴도 그 산처럼 넓어졌다고 생각해봅니다. 그렇게 넓은 마음으로 주위 사람들을 떠올려보세요. 가족, 친지, 직장 동료 등 모든 사람을 떠올리면서 산이 그 안에 깃든 모든 것을 품듯이 그렇게 그들을 품어보세요.

자신을 괴롭히는 사람도 떠올려보세요. 자신이 산만큼 커졌으니 그 사람은 아주 자그마하다고 생각해보세요. 산처럼 큰 마음으로 그 사람을 떠올리면 그가 자신에게 한 잘못도 사소하게 느껴질 겁니다. 그런 마음으로 자신에게 잘못한 사람까지 너그럽게 품어 안으세요.

그런 명상을 자주 하면 자신도 모르게 어진 마음이 자라납니다. 어

진 사람을 미워하는 사람은 없습니다. 그래서 어진 사람에게는 적이 없

다고 합니다.

빛과 그늘

빛은 쉽게 눈에 띕니다. 많은 이들이 빛에 눈길을 줍니다. 그리고 빛이 있는 곳에는 사람들이 몰려듭니다. 하지만 빛이 빛으로 존재하는 것은 그늘이 있기에 가능합니다.

살면서 겪는 어려움도 그늘과 비슷한 역할을 합니다. 늘 성공하는 사람은 많지 않습니다. 성공한 사람은 실패도 많이 경험한 사람입니다. 그 실패가 성공의 밑거름이 됐을 겁니다. 그런 사람은 실패의 경험도 소중하게 여깁니다.

건강도 마찬가지입니다. 모든 사람이 건강하게 살고자 합니다.

하늘은 빛과 그늘을 함께 살게 하셨습니다.

하지만 건강할 때는 몸에 관심을 두지 않습니다. 아파본 사람만이 건강의 소중함을 압니다. 그런 점에서 우리가 겪는 질병은 건강한 삶을 찾아가도록 돕는 이정표일지도 모릅니다.

명상은 분별 없는 마음으로 세상을 바라보는 것입니다. 빛의 찬란함을 칭송하되 그늘의 소중함도 인정하는 것입니다. 건강을 추구하되 몸에 찾아온 병을 통해 자신을 돌아보는 것입니다. 빛과 그늘, 건강과 질병 모두 소중하게 여기는 것입니다.

사람을 대할 때도 분별하지 말아야 합니다. 타산지석이라고 하지요. 나쁜 일을 하는 사람은 다른 이들이 잘못된 길로 가지 않게 하기 위해 자신을 던져 가르쳐주는 스승들이라 볼 수 있습니다. 좋다, 나쁘다고 하는 것은 우리의 기준일 뿐 삼라만상은 한 치의 오차 없이 이 세상을 이끌어가는 어떤 분의 뜻에 따라 움직이는 완벽한 존재들입니다. 그 모든 것에 하나님의 섭리가 깃들어 있고, 우주의 조화로운 질서가 펼쳐져 있습니다. 삼라만상 안에서 부처가 미소 짓고 있습니다. 우리가 할 수 있는 일은 우리가 사는 이 세상, 나아가 우주의 완벽함을 보며 감탄하는 것뿐일지 모릅니다.

나쁜 일은 없다

누구나 힘들고 지칠 때가 있습니다. 자신이 원하는 방향으로 일이 되지 않을 때 더욱 그렇습니다. 불안하기도 하고 심할 땐 절망스럽기도 합니다. 그럴 때 하늘의 사랑을 느껴보세요. 하늘이 무한한 사랑을 주신다고 생각하면 조금 위로가 됩니다. 실제 하늘은 우리에게 가없는 사랑을 베풀어주고 계십니다.

하늘은 이렇게 말하고 계신지도 모릅니다. '주어진 일에 최선을 다하라. 성공이 나의 뜻이 아니다. 실패도 나의 뜻이 아니다. 성공이나 실패가 모두 나의 뜻이다. 다만 너는 그 모든 것이 나의 사랑임을

하늘의 가없는 사랑이 느껴지시나요?

알라' 고요.

선택의 기로에 선 분들께 말씀드립니다. 이쪽이나 저쪽이나 어느 쪽으로 가셔도 괜찮습니다. 하늘의 사랑은 변하지 않고, 어떤 나쁜 일도 생기지 않습니다. 지나고 나서 보면 나쁜 일이란 없기 때문입니다.

시간이 날 때면 눈을 감고 하늘의 사랑을 느껴보세요. 하늘의 사랑이 어떤 느낌인지 모르시면 이렇게 하시면 됩니다. 자신이 가장 행복했을 때를 떠올리며, 그때 가슴에 밀려드는 느낌을 생각해보세요. 사랑하는 연인으로부터 받은 조건 없는 사랑의 마음을 느껴보세요. 따뜻한 봄날 잔디에 누워 있을 때 자신에게 쏟아지던 봄 햇살을 떠올려도 좋습니다. 그런 느낌이 지금 자신에게 쏟아지고 있다고 생각합니다.

그리고 속으로 이렇게 되뇌는 겁니다.

"저는 너무 행복합니다. 하느님, 제게 이렇게 분에 넘치는 사랑을 주셔서 너무 감사합니다."

그저 하늘의 사랑을 믿고 그 사랑에 모든 것을 맡기십시오. 우리가 하늘의 사랑에서 벗어날 수 있는 방법은 없습니다. 그 사랑을 알면 어떤 상황에서도 마음이 편해집니다.

행복 바이러스

저와 가까운 분이 강연을 할 때 가끔씩 인용하는 글입니다. 생 텍쥐베리의 〈어린 왕자〉에 나오는 구절이지요. 여우가 왕자에게 말을 합니다.

"저기를 좀 봐! 저기 밀밭이 보이지? 나는 빵을 먹지 않으니깐 밀 같은 건 쓸모가 없어. 밀밭을 바라보아도 아무 생각이 떠오르지 않아. 그건 서글픈 일이지. 하지만 황금빛 머리카락을 가진 네가 나를 길들인다면 정말 멋있을 거야! 왜냐하면 황금빛으로 물든 밀밭이 나에게 네 추억을 떠올리도록 해줄 테니까. 그러면 나는 밀밭 사이를 스쳐가는 바람 소리까지 사랑하게 되겠지……."

맞습니다. 참된 사랑은 그런 것입니다. 누구, 또는 어떤 대상을 사랑한다는 것은 그 사람이나 그 대상만을 사랑하는 것이 아닙니다. 진실한 사랑은 끝없이 퍼져나갑니다.

우리가 우리 아이를 사랑한다면 아이의 친구도 사랑해야 합니다. 우리 아이의 친구가 행복해야 우리 아이도 행복할 수 있기 때문입니다. 함께 어울려 다니는 친구가 늘 불행하다면 어떻게 우리 아이가 행복할 수 있겠습니까.

마찬가지로 우리가 우리 아이를 사랑한다면 아이 친구의 가족들도 사랑하고, 아이들이 다니는 학교의 선생님과 그 가족들까지 사랑할 수 있어야 합니다. 사랑하는 우리 아이가 행복하길 바란다면 그 아이를 둘러싼 모든 것들도 행복해야 하기 때문입니다. 아이를 둘러싼 환경이 불행한데 우리 아이만 어떻게 행복할 수 있겠습니까.

부모님도 마찬가지입니다. 부모님이 행복하기를 바란다면 부모님 주위 사람들도 행복하길 기도해야 합니다. 부모님이 안쓰러워하는 다른 형제나 친지를 돕는 것이 보석과 좋은 옷을 사드리고 산해진미를 대접하는 것보다 부모님을 행복하게 해드리는 길입니다.

우리는 오늘 몇 번 행복 바이러스를 퍼트렸을까요?

내 가슴 열기

우리가 가진 사랑을 자녀, 가족, 친지, 친구 등의 틀 안에 가두지 마세요. 물질적으로 도와주지 못하더라도 모든 사람을 사랑하도록 노력하세요. 누군가를 만날 때 그 사람뿐 아니라 그 주위의 모든 사람에게 사랑하는 마음을 보내보세요. 그런 마음으로 살아가는 사람이 많아질 때 우리가 사는 세상이 더 빨리 행복한 곳으로 바뀔 수 있습니다.

백만 송이 꽃피우기

    사랑만큼 많이 쓰이는 말도 드뭅니다. 이보다 가슴을 설레게 하는 말도 없습니다.

    사랑은 조건이 없습니다. 사랑은 줄 때가 받을 때보다 행복하다고 말을 많이 합니다. 하지만 많은 사람들이 사랑한다면서 조건을 따집니다. 사랑을 주는 데서 기쁨을 얻지 않고, 받지 못함에 속상해합니다. 나는 너를 이렇게 사랑하는 데 너는 왜 나에게 그렇게 하지 않느냐는 것입니다. 연인이나 부부는 물론이고 친지나 가족 사이에도 그렇습니다.

결혼 생활을 돌아보세요. 연애할 때 수없이 내뱉은, 상대방의 결점까지도 사랑하겠노라는 다짐은 결혼식 때의 기쁨이 채 사라지기도 전에 잊혀집니다. 함께 살면서 차츰 크게 느껴지는 상대방의 결점은 서운함에서 미움으로까지 커나갑니다.

그동안 지구를 다녀간 많은 성인들께서 사랑은 조건 없이 주는 것이라고 말씀하셨습니다. 줬다는 생각조차 없는 것이 바로 사랑이라고 하셨습니다. 그에 대한 보상은 하늘나라에서 받게 된다는 말씀도 하셨습니다. 그렇다고 그 분들의 말씀이 이 세상에서의 희생을 요구하는 것은 아닙니다. 그렇게 사랑을 베풀 때 가장 행복함을 아셨기 때문입니다.

어린 자녀에게 하듯이 사랑을 베풀어보세요. 부모는 자식이 아무리 속을 썩여도 사랑을 멈추는 법이 없습니다. 큰 잘못을 해도 쉽게 용서합니다. 그런 마음이 올바른 사랑입니다.

심수봉의 노래 가사 한 구절이 생각납니다.

미워하는 미워하는 마음 없이

아낌없이 베풀어서 백만 송이 꽃을 피울 때, 비로소 그립고 아름다운 나의 별로 돌아갈 수 있습니다.

내 가슴 열기

아낌없이 아낌없이 사랑을 주기만 할 때

백만 송이 백만 송이 백만 송이 꽃은 피고

그립고 아름다운 내 별나라로 갈 수 있다네.

가사에 담긴 뜻이 참으로 깊은 노래입니다.

만물은 성체다

지도무난 유혐간택(至道無難 唯嫌揀擇).

달마, 혜가에 이어 선종의 3조로 불리는 승찬 대사께서 지은 〈신심명〉의 첫 구절입니다. 깨달음은 어려운 것이 아니니 다만 분별심을 내려놓으면 된다, 이런 뜻이지요.

하지만 우리는 끊임없이 분별하며 살아갑니다. 불교에서는 삼라만상 안에 불성이 깃들어 있다고 이야기하지만 우리는 늘 사람과 사물에 대해 판단을 내립니다.

성당에 다니는 분들도 그렇습니다. 미사 때 많은 분들이 신부님

만나는 사람이나 쓰는 물건 안에 모두 부처님이 계시다고 여기는 것, 그것이 곧 명상입니다.

으로부터 받은 '예수님의 몸'을 두 손으로 귀하게 모셔 입 안에 넣고 감사한 마음으로 먹습니다. 성체뿐 아니라 신부님이 축복해주신 성물도 아주 귀하게 여기고 소중히 간직합니다.

그러나 다른 물건에 대해서는 함부로 대하는 경우가 많습니다. 음식을 함부로 버리고, 물건을 험하게 다룹니다. 성경에는 이 세상 만물이 하느님의 피조물이요, 그 안에 모두 하느님이 계시다고 했습니다. 하지만 성체를 모시듯이 세상 만물을 그렇게 귀하게 여기는 분들은 많지 않습니다. 섬기기는 고사하고 마구 대합니다.

사람들에게도 마찬가지입니다. 어린아이와 가난한 이들, 몸이 불편한 장애인들을 업신여깁니다. 힘없고 약한 동물이나 곤충들에게는 말할 것도 없습니다. 보석은 소중히 간직하지만 밤낮으로 우리를 섬긴 옷가지나 양말 등을 정성스럽게 대하는 분들은 많지 않습니다.

성체성사를 할 때의 마음으로 만물을 대하는 연습을 해보세요. 일상에서 만나는 모든 것이 하느님의 피조물임을 알고 성체를 모시듯 정성스럽게 대해보세요. 만나는 사람이나 쓰는 물건 안에 모두 부처님이 계시다고 여기고 존경하는 마음으로 대해보세요. 그것이 명상이고 수행이며 기도하는 삶입니다.

감사의 기도

　많은 사람들이 기도를 합니다. 무언가를 이뤄달라고 하느님께 부처님께 천지신명께 매달립니다. 갈구하고 또 갈구합니다. 하지만 기도는 무엇을 달라고 하는 게 아닙니다. 기도는 바라는 일을 생각하는 게 아니라 이미 이뤄진 모습을 상상하는 것입니다.

　어떤 사람과 화해를 원하는 분은 그 사람과 사이좋게 지내는 모습을 마음속에 그립니다. 농사가 잘 되길 바라는 분은 자신이 키운 농작물이 튼튼하게 자라 논밭을 가득 덮고 있는 장면을 떠올립니다. 틈나는 대로 그런 명상을 하면 말과 생각과 행동이 그런 쪽으로 움직여갑니다. 주위에서 도와주는 사람들이 생길 수도 있습니다.

하지만 이기심이나 욕심에 따른 기도는 잘 이뤄지지 않습니다. 그 소망은 사랑에서 나온 것이어야 합니다. 자비의 마음에서 비롯된 것이어야 합니다. 다시 말하면 하늘의 뜻에 맞는 것이어야 합니다. 프란체스코 성인의 말처럼 사랑받기보다는 사랑하겠다는 소망이어야 합니다. 기도를 통해 사랑이 꿈을 꾸게 하세요. 자비가 행동하게 하세요. 그리고 꿈이 이뤄지는 모습을 상상하며 이미 이뤄졌다 여기고 감사하세요. 기도가 이뤄지면 이뤄짐에 대해 감사하세요. 또 기도가 이뤄지지 않으면 그에 대해서도 감사하세요.

예수님이 십자가에서 죽음을 앞두고 '아버지의 뜻대로 하소서'라고 기도하셨듯이 우리가 올릴 수 있는 최고의 기도는 하늘의 뜻에 순명하겠다는 다짐입니다.

내 일상 어루만지기

나락 한 알에 우주가 들어 있습니다.

설거지를 하면서도 여일(如一)한 마음을 가질 수 있습니다.

청소할 때의 낮은 마음살이를 세상살이에도 적용해봅니다.

주어진 짐이 무거울수록 깨달음의 세계로 향하는 발걸음은 가벼워집니다.

성숙하기 위해서는 먼저 성장을 멈춰야 합니다.

물러서야 길이 보입니다.

이불은 이불(理佛)

　불교에서는 진리 그 자체인 법신이 신도 사람도 아니며, 형체가 없이 이치 그 자체로 계신다고 해서 이불(理佛)이라고 합니다. 아침에 이불을 갤 때 우주 모든 곳에 이치로 계신 부처님을 모시듯 해보세요.

　잠에서 깨어나면 곧바로 일어나지 말고 누운 채 기지개를 켜는 게 좋습니다. 시원하게 기지개를 켠 뒤에 잠깐 누워서 눈을 감고 가벼운 미소를 지어봅니다. 그리고 오늘 하루 자신에게 좋은 일만 일어날 것이라고 생각합니다. 자신과 주위 사람들이 오늘 하루를 행복하게 살아가는 모습을 떠올려봅니다.

그런 다음 몸을 천천히 옆으로 굴려서 일어납니다. 이제 이부자리를 갤 시간입니다. 이불을 개기에 앞서 이불에 대해 잠깐 감사하는 마음을 갖습니다. 지난밤 우리가 단잠을 잘 수 있도록 포근하게 감싸준 이불입니다.

성경에 하느님은 무소부재하시다고 했습니다. 어디에든 하느님이 계시다는 말씀입니다. 우리 눈에는 사람의 손으로 만든 이불이지만 여기에도 하느님이 깃들어 계십니다. 사람의 손길을 거쳤지만 이불은 하느님이 만드신 하느님의 피조물입니다. 또 부처님은 만물에 불성이 있다고 하셨습니다. 이불 안에도 부처님이 계시지요.

그렇게 생각하면 이부자리를 함부로 대할 수가 없습니다. 하느님의 피조물이자 하느님이 거하고 계신, 부처님이 깃들어 계신 이불입니다. 마음을 모아 천천히 이불을 갭니다. 이불을 접을 때 양쪽 끝자락이 맞도록 정성을 들입니다. 구겨진 곳은 사랑하는 아이를 쓰다듬듯 따스한 손길로 폅니다. 이불을 들어서 장에 넣을 때도 소중한 물건을 다루듯이 정성을 들입니다.

베개도 이불 위에 가지런히 놓습니다. 그에 앞서 베개를 가슴에

이불에도 무소부재하신 하느님이 깃들어 계십니다.

포근히 안고 밤 동안 우리의 편안한 잠을 위해 도움을 준 것에 감사한 마음도 가져봅니다. 마음으로 베개에 사랑을 보내면 베개로부터도 따뜻한 사랑의 느낌이 전해오는 것을 느낄 수 있습니다.

그렇게 한 뒤 이부자리가 놓인 곳을 보세요. 반듯하게 정돈된 이부자리를 보면 기분이 좋아집니다. 이부자리를 갤 때 감사한 마음을 갖는 것은 딴생각이 끼어들지 않고 마음과 정신을 쉬도록 하기 위함입니다. 틱낫한 스님의 플럼빌리지에서 종소리가 울리면 자신이 하고 있는 일을 멈추고 숨에 마음을 모으는 것과 같은 원리입니다.

귤 하나의 행복

　예전에는 먹을 것이 없어서 병이 났지만 지금은 많이 먹어서 탈이 나는 시대가 됐습니다. 과식뿐이 아닙니다. 다 먹지도 못할 만큼 많이 사서 버리는 음식도 적지 않습니다. 많은 분들이 소식이 몸에 좋다고 들어서 알고 있지만 막상 음식을 눈앞에 대하면 허겁지겁 많이 먹고 돌아서서 후회하는 경우가 대부분입니다.

　우리 조상들은 조금 부족한 듯하다고 느낄 때 숟가락을 놓으라고 말씀하셨습니다. 우리 조상들께서는 참으로 현명하셨던 것 같습니다. 그때 숟가락을 놓으면 조금 있다가 식도와 위 사이에 있던 음식이 위 안에 쌓이게 됩니다. 그것까지 계산하신 것이지요. 실제로 배가 부르다는 생각이 들 때 숟가락을 놓으면 너무 많이 먹었다는 느낌이 듭니다.

동양의학에서는 음식을 소화시킬 때 많은 에너지가 쓰인다고 합니다. 식사 뒤 나른해지거나 졸음이 오는 것은 몸 안의 에너지가 소화를 위해 쓰이기 때문에 그렇습니다. 너무 많이 먹으면 소화시키는 데 몸의 에너지가 상당 부분 쓰인다고 보시면 됩니다.

적게, 귀하게 먹는 연습을 한번 해보세요. 밥을 먹을 때는 그런 연습을 하기 쉽지 않습니다. 과일이나 간식을 먹을 때는 조금 쉽습니다.

귤을 예로 들어 보겠습니다. 귤을 가족 수대로 한 개씩만 돌아가도록 준비합니다. 음식이 부족한 듯 보이면 먹기도 전에 입안에 군침이 가득 고입니다. 귤이 아주 귀하다는 생각도 듭니다.

어릴 때 명절, 제삿날, 생일 등 특별한 날에만 먹을 수 있는 귀한 음식을 받았을 때를 생각해보세요. 냉큼 먹지 않고 조금씩 아껴서 먹던 기억이 다들 있을 겁니다. 그런 마음으로 귤을 정성스럽게 까서 한 조각 한 조각 입 안에 넣고 맛과 향기를 느껴봅니다. 귤을 입 안에 넣었을 때 혀에 닿는 느낌, 씹을 때 톡 하고 터지는 느낌, 귤에서 나오는 즙의 맛과 향 등. 그 모든 것을 온전히 느끼면서 귤을 먹어보세요. 참맛을 알게 됩니다.

귤 하나를 먹을 때도 정성을 다해 깨어 있으면 모든 생각이 끊어집니다. '지금 여기'에서 살게 되는 것이자, 진짜 귤을 먹는 것이지요. 아이들에게 간식을 줄 때도 그렇게 해보세요. 음식 귀한 줄을 알고, 맛있게 먹게 되며 건강에도 좋습니다.

이천식천

기독교인들은 하느님께 일용할 양식을 주신 데 감사하다는 기도를 합니다. 우리 앞에 놓인 밥상은 하느님이 주신 거라는 말입니다. 참으로 귀하지 않습니까.

동학에서는 밥을 먹는 것을 하늘이 하늘을 먹는 것이라 생각했습니다. 또 무위당 장일순 선생은 나락 한 알에 우주가 들어 있다고도 말씀하셨습니다. 조금만 따져보면 정말 맞는 말입니다. 벼 한 포기가 자라기 위해서는 온 우주가 동원됩니다. 햇빛도 필요하고, 비도 내려야 하며 흙 속의 미생물도 있어야 합니다. 우리가 알지 못하는

나락 한 알에 우주가 들어 있습니다.

사이에 달빛, 별빛, 바람 등도 돕고 있습니다.

우리 앞에 쌀 한 톨이 놓이기 위해서는 사람의 땀도 필요합니다. 심고 거둬들인 농부들의 땀 말입니다.

농부가 있기 위해서는 그를 낳고 기른 부모님과 그 부모님을 낳은 조상들이 있었고, 그 모든 조상들을 먹이고 입힌 자연의 생산물들이 있었으며, 그런 생산물을 키우기 위해 동원된 우주가 있었습니다. 정말 나락 한 알 속에는 우주가 담겨 있지 않습니까?

이제 그런 음식을 소중한 마음을 담아 먹어봅니다. 먼저 밥상 위에 올라온 먹을거리에 대해 감사한 마음을 갖습니다. 기도를 해도 좋습니다. 우리의 생명을 위해 자신의 목숨을 던진 고귀한 생명들입니다. 수저로 음식을 뜰 때 다른 손으로 음식을 하늘 모시듯 받쳐서 입으로 가져가면 더욱 좋습니다.

그런 다음 밥이나 반찬을 입에 넣고 찬찬히 씹습니다. 눈을 지그시 감고 씹는 감촉을 느낍니다. 입에 침이 고이고 음식이 달게 느껴집니다. 충분히 씹은 다음 삼키면서 음식에 담긴 기운이 온몸으로 따뜻하게 퍼져나간다고 생각합니다. 그렇게 천천히 감사한 마음을 담아 밥을 먹으면 소화도 잘 되고 몸도 좋아집니다.

생각이 반찬이다

　명상을 하다 보면 다른 생명에 대한 존중감이 생깁니다. 다른 생명을 얻어 자신의 생명을 이어가는 것에 대한 미안함도 일어나구요.

　제가 아는 어떤 분의 체험을 들려드리려고 합니다. 그분은 텃밭에서 채소를 길러 먹는데, 밭에 갈 때마다 채소에게 미안한 마음이 든다고 했습니다. 채소도 하나의 생명인데 매일 그 생명을 죽여 자신의 생명을 살린다는 생각 때문이었지요.

　그러던 어느 봄날이었습니다. 바구니를 들고 마당으로 나가 상추를 따려고 밭둑에 쭈그리고 앉았는데 문득 상추에게 미안한 마음이

들리시나요?
먹을거리가 건네는 말들의 성찬이.

내 일상 어루만지기

들었다고 합니다. 상추를 따고 있는데 어떤 목소리가 들려왔습니다.

"나를 먹어도 좋아. 네가 나를 먹겠다면 나는 기꺼이 너의 먹이가 되어줄게. 다만 한 가지 부탁을 한다면 이렇게 햇볕 아래 초록빛으로 빛나고 있는 나를 먹은 너도 세상에 아름다운 빛을 발해주기 바래. 그렇게만 해준다면 나는 너무나 기쁠 것이야. 네가 먹음으로써 나의 에너지가 사람의 에너지로 바뀌어 더욱 아름다운 빛을 발한다면 더 바랄 것이 없어."

음식을 가려먹는 시대입니다. 건강에 대한 관심이 커지면서 가려먹는 분들이 많아졌습니다. 몸이 아파서 병원이나 한의원의 처방에 따라 그렇게 하는 분들도 있지만 스스로 음식을 골라서 먹는 분들도 많습니다. 특히 많은 분들이 채식 위주의 식사를 하고 있습니다. 야채도 화학비료를 쓰지 않은 유기농을 주로 먹습니다.

물론 그런 식사가 몸에 좋은 것은 맞습니다. 깨끗한 먹을거리를 먹는 것도 중요합니다. 하지만 어쩔 수 없이 원치 않는 음식을 먹게 되었을 때 부정적인 생각을 갖는 대신 기쁜 마음으로 먹는 게 중요합니다. 모든 음식은 그 존재가 우리에게 준 자신의 생명이니까요.

고마운 그릇

명상은 여일(如一)한 마음입니다. 언제 어디서 어떤 일을 하더라도 사랑, 평화, 감사와 같은 마음을 잊지 않는 상태가 바로 명상입니다.

설거지를 하면서도 여일한 마음을 가질 수 있습니다. 우리는 식탁을 차릴 때 음식 그릇과 수저를 가지런히 놓습니다. 식사를 마친 뒤에도 그런 마음을 잊지 않아야 합니다. 설거지를 하려고 그릇을 치울 때도 음식을 담을 때처럼 정성을 기울여보세요. 물로 그냥 씻어도 되는 그릇과 기름이 묻은 그릇을 따로 모으고 비슷한 그릇은

설거지를 하면서도 여일(如一)한 마음을 가질 수 있습니다.

비슷한 그릇끼리 모읍니다. 수저도 가지런히 모읍니다. 눈길을 따라 손은 움직이지만, 마음은 고요히 그릇과 수저에 감사를 보냅니다. 오늘 아침에도 맛있는 밥을 먹을 수 있도록 도움을 준 고마운 물건들입니다.

그릇을 씻을 때도 마찬가지입니다. 그릇을 하나 들어 물로 씻으며 감사한 마음을 보냅니다. 또 그릇의 생김새나 빛깔을 경이로운 마음으로 바라봅니다. 참 아름다운 그릇들입니다. 둥근 그릇은 둥근 그릇대로, 네모난 그릇은 네모난 그릇대로 모두 아름답습니다. 수저도 마찬가지입니다. 자신의 몸으로 그릇을 씻어내는 물에 대해서도 감사한 마음을 갖습니다.

밥알, 생선 뼈, 야채 찌꺼기 등 음식물 쓰레기에 대해서도 고마운 마음을 보냅니다. 모두 우주의 사랑을 듬뿍 받고 자란 귀한 존재들입니다. 정성스런 손길로 음식물 쓰레기를 담는 곳에 옮겨 담습니다. 일부는 다시 흙으로 돌아가 새로운 생명을 꽃피울 것입니다. 다른 일부는 가축의 사료가 되어 다른 생명을 살리는 데 또다시 자신을 바칠 것입니다.

음식물 쓰레기를 보며 우리도 다른 이들이 자신의 삶을 활짝 꽃피우는 데 작은 거름이라도 되어야겠다는 생각을 해봅니다. 설거지를 끝낸 뒤에 싱크대를 향해 두 손을 모으고 감사의 인사를 하면 더욱 좋습니다.

마음 닦기

저는 청소를 좋아합니다. 청소는 명상하기에 참 좋은 시간입니다. 산중의 선원이나 가톨릭의 수도원, 개신교의 기도원 등 수행하는 사람이 모인 곳은 대부분 청소를 중요하게 생각합니다. 스승이 제자를 가르칠 때 청소부터 시켰다는 일화가 무척 많습니다.

청소를 할 때도 마음을 모아서 해보세요. 방이나 마루에 흩어져 있는 물건을 제자리에 갖다 놓을 때부터 마음을 모아서 합니다. 바닥에 떨어진 옷가지를 치우며 우리의 몸을 감싸준 것에 감사합니다. 아이들이 늘어놓은 책이나 장난감을 정리할 때도 감사한 마음을 갖

청소할 때의 낮은 마음살이를 세상살이에 적용해봅니다.

습니다. 물건이 이곳저곳 널려 있을 때 짜증을 낼 게 아니라 아이들이 건강해서 활발하게 뛰어놀았구나, 라고 생각하며 감사하세요. 물건에 대해서도 감사한 마음을 보냅니다. 아이들과 즐겁게 놀아준 물건들입니다.

이어 방과 마루를 씁니다. 먼저 전기청소기로 구석구석 정성스럽게 청소합니다. 빗자루를 쓰면 더 좋습니다. 몸을 더 많이 움직여 운동이 되고, 전기도 절약할 수 있습니다. 의자나 탁자 등 옮겨야 할 물건이 있으면 한 손으로 끌거나 들어 올리는 대신 청소기나 빗자루를 놓고 공손한 자세로 옮깁니다. 그렇게 하면 물건이 다른 데 부딪혀 긁힐 걱정도, 또 바르지 못한 자세 때문에 허리를 다칠 위험도 없습니다.

걸레질도 그렇게 정성들여 합니다. 무릎을 꿇고 자세를 최대한 낮춰 방이나 마룻바닥을 귀하게 여기는 마음으로 닦아냅니다. 순간순간 마음을 모아 정성을 다할 때 머리는 맑아지고 숨은 깊어집니다. 특히 청소는 우리 마음이 낮아지도록 해줍니다. 집에서 청소하는 마음을 세상살이에도 적용하면 더욱 좋습니다.

청소할 때처럼 세상일을 하세요. 어디에서든 남들이 가장 하기 싫어하는 일을 묵묵히 하세요. 그 일을 했다고 자랑하지도, 억지로 숨기지도 마세요. 끊임없이 자신을 낮추고 남들이 싫어하는 힘든 일을 기쁜 마음으로 해보세요. 그런 마음가짐이 우리를 더욱 깊은 명상으로 이끌어줍니다.

길 위의 삶

승용차로 출퇴근하는 분들이 많습니다. 운전을 하다 보면 다른 차들이 자세히 보입니다. 난폭하게 운전하는 차도 있고 너무 조심스럽게 운전을 해서 다른 차의 운행에 방해가 되는 차도 있습니다.

운전을 할 때 표변하는 사람들이 많습니다. 평소 그렇게 순하고 착한 사람이 핸들만 잡으면 프랑켄슈타인처럼 거칠어진다는 얘기를 듣는 사람도 많이 봅니다.

옆 차로를 달리던 차가 갑자기 앞으로 끼어들면 놀라게 됩니다. 브레이크를 급히 밟아 부딪치는 것은 피했지만 가슴이 철렁 내려앉습니다. 갑자기 앞차에 대해 분노가 치밀어 오릅니다. 손으로는 경적을 울리고 입에서는 상소리가 튀어나옵니다.

좌회전을 하거나 도로를 바꿔 타기 위해 나들목에 길게 줄을 서서 기다리다 보면 뻥 뚫린 다른 차로로 쌩쌩 달려오던 차가 앞으로 끼어들 때가 있습니다. 운전 솜씨가 좋은 분은 자신의 차로 그 차의 진행을 막아서지만 어떤 분은 그만 새치기를 당하기도 합니다. 화가 납니다. 이때도 경적을 울리거나 상대방 운전자에 대해 욕을 하는 경우가 많습니다.

그런데 신기하게도 그렇게 끼어든 차가 미안하다는 표시로 비상등을 깜빡깜빡 켜면 그만 마음이 풀어집니다. 욕을 하다가도 "그래, 내가 양보하지 뭐"라거나 "미안하다는데 어떻게 하겠어?"라며 이해합니다. 하지만 그렇지 않은 경우는 기분이 몹시 나쁩니다. 뭔가 손해를 본 것 같은 생각이 듭니다.

어떤 차가 갑자기 앞으로 끼어들 때 그 사람을 이해하려고 해보세요. 무슨 급한 일이 있나 보다, 라고 생각하세요. 얌체처럼 끼어드는 사람에 대해서도 길을 잘 몰라서 그러나 보다 생각하세요. 실제 모두들 처음 가는 길에 차선을 잘못 접어들어 교차로 부근에서 끼어

길은 운전자와 보행자, 때론 소를 위한 공간이기도 합니다.

든 경험이 있지 않나요. 나아가 그 사람이 안전하게 목적지까지 가

도록 기원해보세요. 그러면 마음이 편해지고 기분이 좋아집니다. 사

고가 날 확률도 적어집니다.

괜찮다, 다 괜찮다

　걱정 없이 사는 사람은 없습니다. 그 때문에 늘 스트레스에 시달립니다. 특히 직장인은 더욱 큰 스트레스를 받고 삽니다. 다른 사람보다 앞서야만 살아남을 수 있는 사회라서 그렇습니다. 퇴근 뒤 집에 돌아와서도 일 걱정 때문에 쉬지 못합니다. 피곤에 절어 곯아떨어지지 않는 한, 잠도 깊게 자지 못합니다. 몸도 마음도 무거울 때가 많습니다.

　우리는 '하늘에 맡긴다'라는 말을 많이 합니다. '진인사대천명(盡人事待天命)'이라는 말도 자주 씁니다. 하지만 정말 그렇게 행동하는 사람은 많지 않습니다. 방법을 잘 몰라서 그렇습니다.

먼저 마음을 대범하게 가질 필요가 있습니다. 지나온 자신의 삶을 한번 돌아보세요. 우리는 언제나 최선의 선택을 해왔다는 사실을 알게 됩니다. 그리고 바로 지금 여기에 우리가 있기 위해 모든 일이 정해진 각본처럼 한 치의 오차도 없이 이뤄져왔습니다. 불행했던 과거도 지금의 '내'가 존재하는 데 거름으로 쓰인 게 아닐까요.

매일 아침 출근하기에 앞서 잠깐 동안 생각을 가다듬습니다. 오늘 하루 모든 일이 다 잘될 것이라고 생각합니다. 설사 그 일이 잘못되더라도 내게 무언가 도움을 주기 위해 벌어지는 것이라고 생각합니다. 그렇게 생각하면 마음이 편해집니다. 걱정이 사라집니다. 그러다 보면 자기 뜻대로 되지 않은 일 속에서 하늘의 뜻을 보기도 합니다.

그래서 모든 일에 감사한 마음을 갖게 됩니다. 걱정 대신 행복감이 찾아옵니다. 오늘 하루는 나에게 어떤 일이 생길까 호기심 어린 눈으로 즐겁게 지켜볼 수 있게 됩니다.

하늘에 모든 것을 맡기고 나에게 벌어지는 일 속에서 하늘의 뜻을 헤아리려 노력해보세요.

번뇌 총량의 법칙

'번뇌 총량의 법칙.'

명상 중에 떠오른 말입니다. 우리 삶에서 겪어야 할 어려움은 정해져 있다는 뜻입니다. 여우 피하려다 호랑이 만난다는 말이 있듯, 지금 겪는 어려움은 피한다고 없어지는 것이 아닙니다.

자신이나 주위 사람의 지나온 삶을 찬찬히 살펴보세요. 힘들다고 그 순간을 피하기 위해 부서를 옮기거나 직장을 바꾼 사람들 가운데 비슷한 어려움을 겪는 이가 많습니다.

어려움을 피하지 않고 넘어서는 연습을 해보세요. 불교에서는

주어진 짐이 무거울수록 깨달음의 세계로 향하는 발걸음은 가벼워집니다.

'번뇌가 곧 보리' 라고 말합니다. 우리에게 주어지는 여러 가지 어려움이야말로 우리를 깨달음의 세계로 이끌어주는 이정표라는 것이지요. 힘들지만 자신이 처한 상황을 기쁘게 받아들이세요. 이 어려움은 자신에게 더 큰 기쁨과 평안함을 주기 위한 연습이라고 생각하세요.

어떻게 어려움을 참고 넘기냐구요? 그저 참으면 어려움은 사라지지 않습니다. 도리어 병이 됩니다. 나보다 남을 먼저 위하는 길을 선택해보세요. 함께 어려움을 겪는 이가 있으면 그 사람부터 먼저 어려움에서 벗어나도록 도와보세요. 나쁜 일을 도우라는 말은 아닙니다. 그런 사람이 있다면 올바른 길에 들어서도록 날선 비판과 책임을 묻는 것도 그를 위한 일입니다.

나보다 다른 이가 먼저 어려움을 넘어서서 행복해지도록 돕다 보면 어느 순간 자신이 행복해져 있음을 알게 됩니다. 신비하게도 자신이 어느 순간 어려움의 바다를 건너 평화의 땅에 발을 딛고 있음을 깨닫게 됩니다. 해결될 것 같지 않은 어려움이 풀리기도 하고 새로운 길이 보이기도 합니다.

숙성의 시간

'기를 쓴다'는 표현이 있습니다. 있는 힘을 다한다는 뜻입니다. 하지만 다른 편에서 보면 다른 곳에 쓰거나 남겨둬야 할 에너지까지 쓴다는 뜻으로도 볼 수 있습니다. 능력을 넘어서는 일을 하려고 할 때 우리 몸 안에서 그런 현상이 벌어집니다.

어떤 일을 하더라도 능력껏 하겠다는 마음을 먹는 게 좋습니다. 다른 이에게 보여주려고 하는 일은 여학생 앞에서 힘자랑하다 허리를 다치는 사춘기 남학생처럼 부작용을 낳습니다.

많은 이들이 자신의 능력을 넘어서는 무언가를 '보여주려고' 합

성숙하기 위해서는 먼저 성장을 멈춰야 합니다.

니다. 욕심입니다. 그런 욕심 때문에 능력을 넘어서는 목표를 세우고 기를 씁니다. 그러다보면 무리수를 두게 되고 결국 능력보다 못한 결과를 낳게 되는 경우가 많습니다.

이런 '오버'는 착각 때문에 일어납니다. 사람에 대한 평가가 늘 성과나 결과만을 두고 이뤄진다는 착각 말입니다. 실제는 그 반대입니다. 높은 성과를 올린 사람은 그보다 더 높은 성과를 내지 못하면 금세 잊혀집니다. 무리하게 달성한 성과는 다음에 큰 짐이 됩니다.

하지만 비록 성과가 높지는 않아도 주위 사람과 조화롭게 일하는 사람은 늘 좋은 평가를 받고, 그 평판도 오래갑니다.

가을 들녘에 익는 곡식을, 과실나무를 눈여겨보세요. 성장을 멈출 때 익어갑니다. 욕심을 내어 웃자라면 익기도 전에 찬 서리를 맞게 됩니다.

일을 할 때 몸과 마음을 한번 돌아보세요. 몸과 마음이 불편하다면 적당한 때를 지나친 것입니다. 몸과 마음이 불편하면 만나는 사람들에게도 그 불편함이 전해집니다. 일을 그르칠 확률도 높아집니다.

받아들임

더위 때문에 짜증을 내는 분들이 많습니다. 더위가 짜증과 자주 짝이 되는 말이기는 하지만 더위만이 짜증을 불러오지는 않습니다. 비가 많이 온다고 짜증을 내는 사람도 있고, 많은 사람이 좋아하는 흰 눈에 짜증을 내는 사람도 있습니다.

일상에서도 그럴 때가 많습니다. 약속 장소에 제때 가려고 잡아탄 택시가 교통체증으로 거리에 서 있으면 속에서 짜증이 확 솟구칩니다. 외모에 관심이 많은 사람은 거울을 볼 때마다 타고난 얼굴 때문에 속이 상하고 부모가 원망스럽기도 합니다.

맘대로 쓸 수 있는 당신의 '변수' 들을 찾아보세요.

살면서 겪는 일은 크게 두 가지로 나뉩니다. 먼저 우리가 어찌할 수 없는, 수학으로 말하면 상수가 있습니다. 다른 한 가지는 내 뜻에 따라 바꿀 수 있는 변수입니다.

많은 분들이 자신의 뜻과 어긋나게 주어지는 '상수'에 짜증을 내고 속상해합니다. 여름 하늘에 눈발이 날릴 수 없듯이 그런 '상수'들은 우리가 어찌할 수 없는 것입니다. 그런 '상수'는 있는 그대로 바라보는 게 필요합니다. 그러나 많은 분들이 '상수'가 '상수'임을 잊고 짜증을 냅니다.

'상수'를 인정하고 나면 짜증을 누그러뜨릴 수 있는 '변수'에 눈길이 가게 됩니다. 어찌할 수 없는 상황을 있는 그대로 받아들이는 것이 시작입니다. 더위에 저항하지 않고 받아들이는 것, 교통체증을 고려해 조금 일찍 움직이는 슬기, 자신의 얼굴에서 좋은 점을 찾아내는 눈썰미 등입니다. 자신이 마음대로 쓸 수 있는 '변수'들로 마음을 편하게 하는 것이 지혜로운 삶입니다.

내쉬는 숨에 비움 한 번

누구나 일이 잘 풀리지 않을 때가 있습니다. 아이디어가 떠오르지 않거나 아무리 머리를 굴려도 눈앞에 닥친 문제를 풀 수 있는 방법이 생각나지 않는 경우도 많습니다. 고민에 고민을 거듭해도 진척이 없으면 화가 치밀어 오르기도 합니다.

그럴 때는 한 걸음 물러서는 게 좋습니다. 작가나 예술인들 가운데는 작업하다 벽에 부닥쳤을 때 홀쩍 여행을 떠난다고 말하는 분들이 있습니다. 물론 직장인들은 그럴 여유가 없습니다. 그렇지만 잠깐이라도 하던 일에서 물러날 수는 있습니다. 생각을 비우는 것입니다.

　방법은 어렵지 않습니다. 하루나 이틀 정도 일찍 퇴근해서 조용한 곳을 찾아가 몸을 편안하게 하고 눈을 감습니다. 그렇게 있으면 처음에는 온갖 생각이 떠오릅니다. 생각을 비우는 가장 좋은 방법은 그냥 바라보는 것입니다.

　사실 이 방법은 훈련을 하지 않은 분들이 하기에는 쉽지 않습니다. 생각이 떠오를 때마다 숨을 내쉬면서 그 생각을 뱉어버린다고 상상합니다. 편안하게 숨을 쉬다가 생각이 떠오르면 내쉬는 숨과 함께 생각을 내보냅니다. 숨을 내쉴 때마다 머리가 텅 비워진다고 생각합니다. 마음을 편안하게 갖고 한참을 되풀이하면 생각이 줄어듭니다.

　신기하게도 그렇게 생각을 자꾸 비우다 보면 어느 순간에 갑자기 그동안 고민했던 일에 대한 답이 떠오르는 경우가 있습니다. '아하!' 하는 순간이지요.

　난관에 부딪혔을 때 생각을 비워보세요. 비우면 해답이 떠오릅니다. 역설 같지만 사실입니다. 그릇의 물을 버려야 새 물을 담을 수 있듯이 아이디어도 마찬가지입니다.

물러서야 길이 보입니다.

내 몸과 마주하기

밝은 얼굴은 밝은 마음, 긍정적인 마음의 반영입니다.

늘 미소를 짓는 것, 그 또한 훌륭한 명상입니다.

비워야 채워지고 놓아야 잡을 수 있습니다. 숨쉬기도 마찬가지입니다.

가장 낮은 곳에서 묵묵히 일하는 발의 마음을 닮아보세요.

바쁘고 복잡한 세상이 마음을 닦기에 더 좋은 도량이라고 합니다.

힘들고 지칠 때 마음의 짐을 예수님께, 부처님께 내려놓으세요.

세상과 공병하는 얼굴

'얼굴이 밝다, 어둡다' 라고 표현합니다. 우리가 사람을 만날 때 가장 먼저 보는 것이 얼굴입니다. 밝은 얼굴을 한 사람은 보기가 좋습니다. 그런 이 주위에는 사람들이 모입니다. 어둡거나 짜증스런 얼굴을 한 사람은 그 반대입니다. 누구나 그런 사람을 만나기 싫어하며, 어쩔 수 없이 만나더라도 그 사람으로부터 빨리 벗어나고 싶어합니다.

얼굴 표정은 마음과 밀접한 관련이 있습니다. 밝은 얼굴은 밝은 마음, 긍정적인 마음의 반영입니다. 어두운 얼굴은 어둡고 부정적

밝은 얼굴은 밝은 마음, 긍정적인 마음의 반영입니다.

내 몸과 마주하기

인 마음의 반영입니다. 밝은 마음은 세상의 밝은 기운과 공명합니다. 어두운 마음은 세상의 어두운 기운과 공명합니다. 밝은 얼굴, 긍정적인 생각을 자꾸 하다 보면 힘든 일은 사라지고 자꾸 좋은 일이 생기게 됩니다.

아침에 화장실에서 거울을 보면서 밝은 표정을 지어보세요. 자신이 행복했던 시절을 떠올리거나, 좋아하는 사람이나 물건을 떠올리면 밝은 표정을 짓는 데 큰 도움이 됩니다. 밝은 얼굴을 한 채 잠시라도 행복한 느낌에 잠겨보세요. 지금 이 순간 자신이 너무 행복하다고 느껴보세요. 그런 행복한 느낌이 주위 사람에게까지 퍼져나간다고 생각해보세요.

그런 시간을 자꾸 갖다 보면 얼굴이 밝아집니다. 주위 사람들로부터 "무슨 좋은 일 있느냐"는 질문을 받게 됩니다. 실제 좋은 일이 자꾸 생기고, 힘든 일도 쉽게 이겨낼 수 있습니다.

미소 짓기

웃음은 얼굴 근육의 긴장을 풀어주고 몸의 경락을 활성화시킨다고 합니다. 하지만 아무 때나 웃을 수 있는 것은 아닙니다. 하릴없이 웃으려면 혼자만의 장소를 찾아야 합니다.

반면에 미소는 웃음과 비슷한 효과를 내면서 남의 눈치 크게 보지 않고 할 수 있습니다. 미소만 지어도 몸이 좋아집니다. 석굴암 부처님의 미소나 백제의 미소로 알려진 서산마애삼존불의 미소를 한번 떠올려보세요. 그 미소는 지어낸 것이 아닙니다. 우주만물이 나와 한 몸이라 생각하며 한없는 자비의 마음을 갖고 명상에 들어가면 그런 미소가 나옵니다.

먼저 자신에게 미소를 보냅니다. 어려움 속에서도 지금까지 꿋꿋이 살아온 자신에게 따뜻한 미소를 보내세요. 매일 아침 거울을 볼 때 자신을 향해 환한 미소를 지으며 "○○야, 너는 참 훌륭한 사람이야"라고 속삭여보세요. 부처님 같은 마음으로 지금 있는 그대로의 나를 인정하세요. 나 자신을 내가 인정하지 않는다면 누가 나를 인정하겠습니까.

혼자 있을 때 이처럼 틈틈이 미소 짓는 연습을 해보세요. 사람뿐 아니라 주위 사물에도 미소를 보내세요. 깨어 있는 동안 미소를 잃지 않도록 노력해보세요. 늘 미소를 짓는 것, 그 또한 훌륭한 명상입니다.

반대로도 가능합니다. 그런 미소를 짓고 있으면 마음이 그런 상태에 가까워집니다. 미소를 지은 채 주위를 한번 둘러보세요. 세상이 다르게 보일 것입니다. 미소를 지으면 미워하는 마음이 생기기 힘듭니다. 눈을 감고 미소를 지은 채 자신이 미워했던 사람을 한번 떠올려보세요. 미워하는 마음을 갖기 어렵다는 것을 알게 됩니다.

이런 명상을 자주 하면 얼굴이 밝아집니다. 마음도 따라서 밝아

집니다. 매사에 긍정적이 됩니다. 긍정적인 마음은 힘든 일을 이겨

낼 수 있는 힘을 줍니다. 또 좋은 일을 많이 불러옵니다.

늘 미소를 짓는 것, 그 또한 훌륭한 명상입니다.

세수 성형

얼굴을 씻을 때도 명상이 가능합니다.

세수할 때 물을 받으면서 세면대에 감사한 마음을 보냅니다. 그리고 세면대에 쏟아지는 물에 대해서도 고마운 마음을 갖습니다.

《물은 답을 알고 있다》의 저자 에모토 마사루는 사랑과 감사의 파장을 보낼 때 물 입자가 황금빛 육각형으로 변하는 것을 사진으로 찍었습니다. 우리 몸도 70퍼센트가 물로 이뤄져 있습니다. 그렇다면 우리가 물에 사랑하는 마음을 보낼 때 세면대의 물에 앞서 우리 몸 안의 물부터 황금빛 육각수로 바뀌는 것입니다. 다른 존재를 사랑하는 일이 자신에게 먼저 큰 도움이 된다는 말이지요.

물을 받은 뒤에는 두 손으로 정성스럽게 얼굴을 씻습니다. 물과 손의 감촉을 느끼면서 살짝 미소를 짓습니다. 손도 정성스레 씻어줍니다. 오른손으로 왼손을, 왼손으로 오른손을 다정하게 쓰다듬습니다. 세수를 마친 뒤 얼굴을 닦을 때 두 손으로 얼굴 곳곳을 정성스레 만져봅니다. 눈, 코, 입, 귀 등 모두 소중한 기관들입니다.

많은 분들이 얼굴에 관심을 기울입니다. 얼굴이 주는 첫인상이 무척 중요하게 여겨지는 시대라 그런지 얼굴을 가꾸는 데 품과 돈을 들이는 분들도 많습니다. 값비싼 화장품을 사서 바르고 피부에 좋다는 음식을 사서 먹습니다. 주름살을 펴기 위해 주사를 맞고 성형수술까지 합니다.

그렇게 하지 않아도 예쁜 얼굴을 만드는 방법이 있습니다.

아침에 얼굴을 씻을 때 정성을 기울여보세요. 얼굴은 내 몸 가운데 남들이 가장 많이 보는 곳, 남들이 나를 떠올릴 때면 늘 등장하는 우리 몸의 대표부위입니다. 그만큼 귀하고 소중한 곳입니다. 자신이 존경하는 분을 모시듯, 사랑스런 아기의 얼굴을 쓰다듬듯, 귀하고 소중한 마음으로 얼굴을 씻습니다. 수건으로 닦을 때도 마찬가지입니다. 마음이 흩어지지 않도록 동작을 조금 천천히 하면 더욱 정성을 기울일 수 있습니다. 주름이 많은 분들은 주름이 있는 부위를 편다는 생각을 하며 두 손으로 정성껏 마사지를 해줍니다. 그런 다음 두 손으로 얼굴을 감싼 뒤 잠시 얼굴에 사랑하는 마음을 보냅니다.

그렇게 자꾸 하다 보면 세수를 할 때 얼굴이 매끄럽게 바뀌었음을 알게 됩니다. 비누를 쓰지 않았는데도 손으로 얼굴을 문질러보면 매끈한 느낌이 듭니다. 얼굴빛도 밝고 환해집니다. 그런 자신의 얼굴을 보면 마음도 밝아지고 자신감도 생깁니다. 세수할 때, 명상으로 성형해보세요.

예뻐지는 비법이 궁금하세요? 세수할 때마다 얼굴에 사랑의 마음을 보내세요.

고마운 잇몸에게

　　명상은 특별한 시간, 특별한 장소에서 하는 것이라고 생각하는 분들이 많습니다. 시끄러운 곳에서는 명상을 하기 힘들다고 여기는 분들도 적지 않습니다. 물론 산사나 수도원, 기도원처럼 주위의 방해를 받지 않는 조용한 공간이 명상에 좋을 수도 있습니다.

　　하지만 명상은 어디서나 가능합니다. 바쁘고 복잡한 세상이 마음을 닦기에 더욱 좋은 도량이라고도 합니다. 이를 닦을 때도 명상이 가능합니다. 칫솔에 치약을 묻히면서 이 물건들을 만들어준 분들에게 잠깐 감사하는 마음을 갖습니다.

이를 닦을 때는 칫솔이 닿는 부위에 마음을 둡니다. 아랫니, 윗니, 어금니 등 칫솔이 지나갈 때 그 느낌을 느끼면서 치아에 대해 고맙다는 인사를 합니다. 살아오는 동안 외부에서 들어오는 거친 음식을 몸이 제대로 흡수할 수 있도록 힘들게 봉사해온 이입니다. 질기든 부드럽든 어떤 음식도 마다않고 부지런히 깨뜨리고 찢고 갈아준 고마운 존재입니다.

잇몸에 대해서도 고마운 마음을 갖습니다. 잇몸은 이가 제구실을 할 수 있도록 지탱하고 있습니다. 거울에 비친 이와 잇몸을 바라보며 가슴으로 감사한 마음을 갖습니다.

물을 받으며 물에 대해서도 감사한 마음을 갖습니다. 입에 물을 머금고 오물오물 하면서 이, 잇몸, 혀 등 입 안에 있는 모든 부위가 깨끗해져서 환하게 빛이 난다고 생각합니다. 눈을 뜬 채로 집중하기 어려운 분들은 지그시 눈을 감고 하셔도 좋습니다.

내려놓음

어깨가 굳은 분들이 많습니다. 딱딱하게 굳어 있어, 주무르면 입에서 비명이 나올 정도로 아픕니다. 어깨는 스트레스에 많은 영향을 받는 곳입니다.

우리말에는 어깨와 마음의 상태를 연관 지은 표현이 있습니다. 마음에 부담이 많은 사람을 어깨가 무겁다고 하고, 반대로 마음이 편안한 사람을 어깨가 가볍다고 칭하는 것입니다. 기세등등한 사람에게 어깨에 힘을 주었다고 하고, 풀이 죽은 사람은 어깨가 처져 있다고 합니다.

현대인들이 어깨가 굳은 이유는 어깨가 무거워서 그런 경우가 많습니다. 경제적으로 윤택해졌지만 할 일도 크게 늘었습니다. 자신은 물론 가족을 비롯해 주위 사람에 대한 책임도 많습니다. 자연히 어깨가 무거울 수밖에 없습니다. 게다가 일을 하고 사람과 관계를 맺는 과정에서 받는 스트레스는 얼마나 많습니까.

그런 세상살이의 어려움으로 어깨가 굳어지는 것입니다. 요즘엔 어른은 물론이고 아이들도 어깨가 굳는 경우가 많습니다. 공부에 대한 부담이 너무 커서 그렇습니다. 어깨가 굳으면 뇌로 전달되는 산소와 혈액의 공급이 잘 되지 않습니다. 그래서 목 뒷덜미가 뻐근하고 머리가 맑지 않습니다.

힘들고 지칠 때, 어깨가 무거워질 때 가끔씩 어깨를 푸는 운동을 해보세요. 오른손으로 왼쪽 어깨를 가볍게 주물러주고 반대로도 해보세요. 어깨를 돌려보세요. 두 손을 어깨에 얹고 어깨를 앞뒤로 돌려보세요. 팔을 펴서 크게 돌려도 됩니다. 빨리 하는 것보다 어깨에 마음을 두고 천천히 하는 게 좋습니다.

어깨를 푸는 더 좋은 방법은 마음의 짐을 내려놓는 것입니다. 생각을 바꾸면 가능합니다. 예수님은 무거운 짐을 모두 당신께 맡기라고 하셨습니다. 예수님에게 자신의 짐을 맡기세요. 예수님이 도와주신다고 생각하세요. 부처님을 믿는 분들은 부처님께서 늘 곁에서 도와주신다고 여겨보세요.

예수님께서 원수까지 사랑하라고 하셨으니, 지금 우리를 힘들게 하는 사람까지 용서하고 사랑하려 애써보세요. 또 부처님께서는 우리가 겪는 모든 일이 인과응보에 따른 것이라고 말씀하셨으니, 지금 우리가 겪는 어려움은 예전에 잘못한 일을 갚는 즐거운 과정이라고 생각하세요.

결과는 예수님께, 부처님께 맡기세요.

결과에 미련을 갖지 마세요. 우리가 얻은 결과는 하느님의 뜻이며 인과응보의 법칙대로 이뤄진 것입니다. 모두 좋은 일입니다. 지금은 나쁜 일로 보여도 조금 지나면 그 일로 인해 우리 자신이 더욱 성장했음을 알 수 있게 됩니다. 그렇게 생각하면 어깨 위의 무거운 짐이 조금 가볍게 느껴집니다. 차츰 어깨가 부드러워지고 마음도 편해집니다.

내려놓으세요. 날아갈 듯 가벼워질 테니.

아랫배로 듣기

혀 아래 도끼가 들어 있다는 말이 있습니다. 말을 잘못하면 화를 입게 되니 조심하라는 뜻입니다. '입이 불러오는 재앙'이라는 뜻의 구화(口禍)라는 말도 있습니다. 그만큼 조심스럽게 말해야 한다는 뜻이지요.

실제로 말로 천 냥 빚을 갚을 수도 있고, 무심코 던진 말이 씨앗이 되어 서로 원수가 될 수도 있습니다. 살다 보면, 다른 이가 한 말 때문에 받은 상처는 아주 뿌리가 깊고 오래감을 알 수 있습니다.

말을 조심해서 하는 방법이 있습니다. 말을 할 때 혀의 뿌리가 아랫배 깊은 곳까지 닿아 있다고 생각하는 겁니다. 그렇게 생각하며 말을 해보세요. 실언을 하는 경우가 거의 없습니다.

다른 감각기관을 쓸 때도 마찬가지입니다. 소리를 들을 때 귀로 듣는다 생각하지 말고 귀를 통해 우리 몸 안으로 들어온 소리를 아랫배로 듣는다고 생각해보세요. 다른 사람의 말에 현혹되지 않게 됩니다.

사기는 당하는 사람에게도 일부 책임이 있다고 합니다. 욕심 때문에 사기를 당한다는 것이지요. 친척, 친구, 직장 동료 등 다른 사람에게 좋은 사람으로 보이고 싶어 하는 마음도 욕심입니다. 그런 욕심이 '과욕'을 낳고 실수를 불러옵니다.

마찬가지로 눈, 코, 귀 등 외부로부터 들어오는 모든 감각을 아랫배로 느낀다고 생각해보세요. 감각기관에 휘둘려 판단을 그르치는 일이 크게 줄어듭니다. 절제된 생활이 가능하고 중도(中道)와 정도(正道)를 걸을 수 있습니다.

참된 휴식

우리는 하루하루를 힘들고 바쁘게 살아갑니다. 쉼이 필요하다는 것은 누구나 다 압니다. 퇴근 후 적어도 집에 돌아와서는 일을 잊고 푹 쉬려고 하는 사람들이 많습니다.

하지만 많은 사람들이 집에서 제대로 쉬지 못합니다. 그저 움직이지 않고 누워 있으면 피로가 풀리는 줄 압니다. 소파에 누워 리모컨을 들고 이 채널 저 채널 돌리면서 좋아하는 프로그램을 보거나 음악을 듣습니다.

자신은 쉰다고 하지만 그런 쉼은 제대로 쉬는 게 아닙니다. 한의

참된 휴식은 몸은 물론 마음까지 쉬는 것입니다.

학에 따르면 우리 몸은 외부의 감각에 반응할 때 에너지를 씁니다. 보고 듣고 말하는 데도 에너지가 쓰입니다. 생각을 할 때도 마찬가지입니다. 몸은 가만히 있지만 생각만으로 많은 에너지가 쓰입니다. 그런 점에서 참된 휴식은 우리의 몸은 물론 마음과 정신까지 쉬는 것이라고 볼 수 있습니다.

잠깐이라도 쉼만을 위한 시간을 가져보시기 바랍니다. 오로지 자신만을 위한 시간 말입니다. 자리에 눕거나 바닥 또는 의자에 앉아 눈을 감습니다. 그리고 숨을 크게 들이쉬고 편안하게 내쉽니다. 그렇게 몇 차례 반복합니다. 숨을 내쉴 때 온 몸의 힘을 빼면서 긴장을 다 풀어줍니다.

이어 얼굴에 환한 미소를 지어봅니다. 그리고 마음속으로 자신의 몸을 향해 감사의 마음을 보냅니다. 잡념이 떠오르면 들어오는 숨에 마음을 둡니다. 숨이 나갈 때는 마음의 눈으로 몸의 특정한 부위를 바라봅니다. 꼬리뼈 앞쪽을 바라보는 게 좋습니다.

오랜 시간이 필요하지 않습니다. 1분이라도 괜찮습니다. 잠자리에 누워서 그렇게 해도 됩니다. 먼 곳으로 여행을 떠날 때 버스나 비행기 좌석에 앉아서도 가능합니다. 틈나는 대로 조금씩 그렇게 쉬기만 해도 우리 몸 안에 에너지가 차오르는 것을 느낄 수 있습니다.

마음 담는 그릇

자신을 소중하게 여기지 않는 사람은 없습니다. 우리 자신의 일부, 그 가운데서도 중요한 부분이 몸입니다. 몸은 우리 마음을 담는 그릇입니다. 예수님은 성전이라고까지 하셨지요. 하지만 몸을 귀하게 대하는 사람은 드뭅니다. 아프기 전까지는 돌아보지도 않습니다. 손, 발, 얼굴을 매일 씻고 머리도 자주 감지만 정작 우리 자신을 위해 고생하는 몸을 돌보는 시간을 갖는 이들은 많지 않습니다. 먹는 것에는 그렇게 많은 신경을 쓰면서 일생 동안 우리 자신을 위해 묵묵히 일하는 몸을 돌보는 일에는 소홀합니다. 그러다 한 번 탈이 나면 아무리 시간을 물 쓰듯 투자해도 원래대로 되돌리기가 쉽지 않습니다. 그런 점에서 몸돌보기는 세수하듯, 밥먹듯 해야 할 일입니다. 건강한 신체가 없다면 건강한 정신도 없기 때문입니다.

먼저 아침에 일어나면 기지개를 켭니다. 누워서 해도 좋고, 일어나서 해도 좋습니다. 기지개는 자면서 아랫배에 쌓인 기운을 온 몸으로 골고루 보내는 방법입니다. 이어 몸을 골고루 움직여봅니다. 어떤 동작이라도 괜찮습니다. 불편한 부분이 있으면 손으로 정성스럽게 쓰다듬어줍니다. 손이 닿지 않는 부위는 따뜻한 마음을 보내주세요.

스트레칭이나 어떤 동작을 할 때 느낌이 오는 부위에 마음을 두면서 해보세요. 마음을 둔다는 말은 사랑하는 마음을 보내라는 뜻입니다. 예쁜 아기를 쓰다듬듯이 손이나 마음으로 자극을 느끼는 부위에 사랑을 담뿍 보내면서 운동을 해보세요. 그러면 같은 운동을 하더라도 큰 효과를 볼 수 있습니다.

산책하거나 달리기를 할 때도 마찬가지입니다. 몸에게 감사한 마음을 담아 운동을 해보세요. 지금 이렇게 몸을 움직일 수 있다는 것만 해도 얼마나 감사한 일입니까.

하루 일을 마친 뒤 잠자리에 들 때도 몸과 대화하는 시간을 잠깐 동안 가져보세요. 누워서 잠들기 전에 가슴에 두 손을 얹습니다. 두 손으로 가슴을 몇 차례 쓰다듬습니다. 그리고 마음속으로 몸에게 이렇게 속삭여보세요. "오늘 하루도 참 고생이 많았구나. 너무 고맙다, 사랑한다"라고요. 매일 그렇게만 해도 몸이 좋아집니다.

지금 당신의 몸을 '밥먹듯' 사랑하고 계신가요?

바른 숨쉬기

숨을 쉬지 않고 살 수 있는 사람은 없습니다. 밥은 일주일 이상 먹지 않아도 살 수 있지만 숨은 5분 이상만 쉬지 않으면 말 그대로 숨이 끊어집니다.

여러 수련 단체에서는 숨에 에너지가 실려 있다고 합니다. 우리 몸에 쓰이는 에너지는 먹는 것과 함께 숨을 통해서도 보충된다는 것입니다. 이는 몸의 에너지를 가리키는 정(精)이라는 한자에서 알 수 있습니다. '정력'이라는 단어에 쓰이는 글자이지요. 정은 푸를 청(靑)과 쌀 미(米)가 합해서 이뤄진 단어입니다. 청은 하늘의 기운인 천기를 가리키고 땅은 우리가 먹는 음식, 즉 땅의 기운인 지기를 가리킵니다. 결국 우리가 쓰는 에너지는 천기와 지기의 합이라는 말입니다. 그리고 천기는 숨을 통해서 들어온다고 합니다. 따라서 숨만 잘 쉬어도 몸이 좋아집니다. 그러나 의외로 숨을 제대로 쉬는 사람은 거의 없습니다.

숨 쉬는 방법은 어렵지 않습니다. 편안하게 누워서 발은 어깨넓이로 벌리고 팔은 아래쪽으로 손바닥이 하늘로 향하게 편안하게 내려놓습니다. 숨을 통해 에너지를 많이 얻으려면 먼저 숨을 뱉어내야 합니다. 비워야 채워지고 놓아야 잡을 수 있다는 말이 있습니다. 숨도 마찬가지입니다. 날숨을 충분히 내쉬어야 많은 숨이 들어옵니다.

숨을 통해 에너지가 들어온다고 하니 억지로 길게 들이마시려고 애쓰는 분들이 있습니다. 노력해도 잘 되지 않습니다. 숨을 충분히 내쉬고 나면 저절로 깊은 들숨이 이뤄집니다.

먼저 몇 차례 길고 크게 숨을 들이쉬고 편안하고 길게 내쉬는 연습을 해봅니다. 그 다음 들어오는 숨은 저절로 들어오도록 두고 내쉬는 숨을 길게 내쉽니다.

몸이 긴장할 정도로 억지로 할 필요는 없습니다. 편안한 만큼만 길게 내쉽니다.

그런 숨쉬기를 하다 보면 어느 순간 큰 숨이 저절로 들어옵니다. 다시 들어오는 숨에는 신경을 쓰지 않고 내쉬는 숨만 길고 편안하게 내쉽니다. 그렇게 하다 보면 또다시 큰 숨이 저절로 들어옵니다. 시간이 지날수록 저절로 들어오는 숨의 횟수가 늘어납니다. 바른 숨쉬기를 계속하면 몸과 마음이 함께 편안해지고 몸 안에 힘이 쌓입니다.

비워야 채워지고 놓아야 잡을 수 있습니다. 숨쉬기도 마찬가지입니다.

호흡과 불면증

몸과 마음과 정신이 가장 잘 쉴 때는 잠잘 때입니다. 그래서 잠은 보약이라고도 말합니다. 깊은 잠만큼 좋은 쉼은 없습니다.

현대인들은 스트레스가 많아 곤한 잠, 단잠을 자지 못합니다. 단잠이 어떤 잠일까요. 어릴 때 생각을 한번 해보세요. 밖에서 뛰어놀다 집에 들어와 옷도 벗지 않고 쓰러져 자던 기억이 있으실 겁니다. 입가에 침이 흘러내리는 것조차 모를 정도로 깊은 잠이 들곤 했지요. 자고 나면 입에서 흘러나온 침에 베개가 흠뻑 젖을 때도 많았을 겁니다. 이처럼 깊이 잠을 자면 입 안에 침이 고입니다. 그 침에서는 단내가 납니다.

잠을 푹 자고 나면 저절로 기지개를 켜게 됩니다. 아기들을 생각해보세요. 자고 일어나면 모두 기지개를 켭니다. 개나 고양이도 마찬가지입니다. 하지만 어른들 가운데 잠에서 깨어 기지개를 켜는 분들은 거의 없습니다. 깊은 잠을 자지 못해서 그렇습니다.

깊은 잠을 자려면 마음과 정신도 함께 쉬어야 합니다. 생각이 너무 많은 분들은 잠도 잘 오지 않습니다. 늦은 밤까지 텔레비전이나 책을 보다 바로 잠자리에 들면 깊이 잠들기 힘듭니다. 자기 전에 잠깐 동안 정신 활동을 쉬는 시간이 필요합니다.

자리에 누워서 눈을 감고, 두 팔은 아래로 편안하게 내려놓은 뒤 먼저 한숨을 내쉬어봅니다. 숨을 크게 들이마신 뒤 입과 코로 크게 내쉽니다. 그렇게 몇 차례 한숨을 쉰 뒤 들이마시는 숨은 자연스럽게 마시고 내쉬는 숨은 길게 내쉽니다. 편안한 만큼만 충분히 내쉬어줍니다. 이때 몸이 무거워지거나 땅속으로 꺼지는 듯한 느낌이 들기도 합니다. 그렇게 숨을 내쉬다 보면 몸의 긴장이 풀리면서 잠에 빠져듭니다.

생각이 많은 분들은 내쉴 때 몸 안의 한 점을 바라봅니다. 대개는

오늘밤부터 쌔근쌔근 아기처럼 잠들기를.

내 몸과 마주하기

꼬리뼈 앞쪽 단전자리를 바라보면 됩니다. 여성의 경우 자궁자리가 그곳입니다. 들어오는 숨은 자연스럽게 두고 내쉴 때 단전자리를 바라봅니다.

긴장해서 뚫어지라 쳐다보는 게 아니라 하늘에 떠있는 보름달을 보듯 마음의 긴장을 풀고 바라봅니다. 그렇게 숨을 쉬다 보면 어느새 깊은 잠에 빠진 뒤 아침을 맞게 될 겁니다.

빛의 샤워

　모든 종교에서 하늘의 사랑을 이야기합니다. 하늘은 모든 존재를 품어 안고 있습니다. 어느 것 하나 차별하지 않고 사랑합니다. 우주의 모든 존재들에게 사랑과 축복을 내려주고 있습니다. 지금 이 순간에도 하늘의 사랑이 찬란한 빛의 형태로 우리에게 쏟아져 내리고 있습니다.

　여러 종교와 수행 단체에서는 하늘의 그런 에너지를 이용해 몸과 마음을 정화시키는 수련법이 전해져 내려오고 있습니다. 쉽습니다.

　먼저 눕거나 단정한 자세로 앉아 눈을 감고 머리 위에 작은 태양

빛의 축복이 지금 당신에게 쏟아지고 있습니다.

이 떠 있다고 생각합니다. 태양은 찬란한 빛을 뿜어내고 있습니다.

그리고 태양이 정수리를 통해 몸 안으로 들어오는 모습을 상상합니다. 숨을 내쉬면서 마음으로 태양을 천천히 끌어내려 머리 한 가운데 둡니다. 머릿속이 환한 빛으로 가득 차 있다고 생각합니다.

다음으로, 태양을 다시 천천히 몸 중앙을 따라 가슴 한가운데로 끌어내립니다. 태양이 내려오면서 목, 어깨가 빛으로 가득 찹니다. 가슴 한가운데 태양이 머물면서 우리 몸통이 눈부신 빛으로 가득 찬다고 생각합니다. 이어 그 태양을 다시 몸 중앙을 따라 아랫배까지 끌어내립니다. 대장, 소장, 콩팥, 방광 등 모든 장기가 환한 빛에 감싸입니다. 이어 그 빛이 두 다리를 따라 발끝까지 가득 채웁니다.

이제 우리 자신의 몸 전체가 환한 빛으로 가득 채워진 모습을 그려봅니다. 특별히 좋지 않은 부위가 있으면 그 부분에 좀더 마음을 둡니다. 우리 몸 안의 나쁜 세포가 빛으로 인해 아이스크림처럼 녹아서 사라진다고 상상해도 좋습니다.

자꾸 연습을 하다 보면 굳이 태양을 머리에서 몸 아래쪽까지 내리지 않더라도 금세 온 몸이 빛으로 가득 찬 느낌이 듭니다. 틈날 때마다 '빛 명상'을 하시기 바랍니다. 몸이 좋아지고 마음이 밝아집니다.

나를 깨우는 목욕

생활명상은 '지금 여기'에서 깨어 있는 것입니다. 깨어 있음을 알 수 있는 가장 좋은 방법은 우리 자신의 몸을 느끼는 것입니다. 특히 목욕 시간은 몸에 대해 깨어 있는 연습을 하기에 아주 좋은 때입니다. 우리는 목욕을 할 때도 마음을 딴 곳에 두는 경우가 많습니다. 손을 움직여 몸을 씻지만 머리로는 다른 생각을 합니다.

조금 천천히, 느긋한 마음으로 몸을 씻어보시기 바랍니다. 비누를 칠하고 몸을 닦을 때 부드러운 손길로 자신의 몸을 문질러봅니다. 사랑하는 아기의 몸을 씻어주듯이 말입니다.

손길이 가는 곳에 차분히 눈길도 주시기 바랍니다. 입가에는 살짝 미소를 띱니다. 그런 마음으로 자신의 몸에 눈길을 주면 새로운 것들이 보이기 시작합니다. 팔에 새로 생긴 점도 보이고, 몸 구석구석에 난 뾰루지도 보입니다.

비누칠한 뒤에는 샤워기를 틀어놓고 쏟아지는 물줄기에 몸과 마음을 모두 맡깁니다. 몸에 드러난 이런저런 증상에 대해 걱정하지 말고 하늘이 만병통치의 효능을 가진 약수를 자신의 몸에 쏟아 부어준다고 생각합니다. 이어 자신의 몸 안에 있던 좋지 않은 것들이 물줄기와 함께 아래로 다 흘러간다고 상상합니다.

수건으로 몸의 물기를 닦을 때, 이제 완전히 건강한 몸으로 거듭났다고 생각하며 새로 산 귀한 물건을 처음 만지듯 그렇게 정성을 들여 닦습니다. 이처럼 목욕에 오롯이 마음을 두는 것이 바로 명상입니다. 그렇게 하면 건강도 좋아집니다.

당신의 마음도 저 바다에 오롯이 빠져들고 있나요?

발처럼 살자

발은 우리 몸의 맨 아래에서 온몸을 떠받치고 있습니다. 감당하는 무게로만 따지면 우리 몸에서 가장 많은 짐을 지고 있습니다.

그렇게 힘든 노동을 하지만 발은 눈과 가장 먼 곳에 있어서 우리의 눈길을 거의 받지 못합니다. 발을 씻거나 발톱을 깎을 때, 양말을 신을 때가 발로서는 '주인'의 관심을 받는 행복한 시간입니다. 그때조차 우리는 발에 제대로 마음을 두지 않습니다.

그럼에도 발은 몸의 다른 기관과 달리 무던합니다. 몸의 다른 부위에 비해 탈도 잘 나지 않습니다. 발이 아파 어려움을 겪는 사람은

내 몸과 마주하기

가장 낮은 곳에서 묵묵히 일하는 발의 마음도 배워야 합니다.

드뭅니다.

어떤 학자들은 손이나 귀처럼 발도 인체의 축소판이라고 말합니다. 발을 씻을 때만이라도 정성을 기울여보세요. 두 손으로 발바닥을 정성스럽게 문지르고 발가락 하나하나에 사랑스런 손길을 보내는 겁니다. 발을 닦을 때도 마찬가지입니다.

발마사지를 받는 것도 좋지만 자신의 손으로 발을 주물러보세요. 자신의 건강 비결은 매일 발을 정성스럽게 씻는 것이라고 말하는 분도 있습니다.

더욱 중요한 건 발의 마음을 닮겠다는 생각을 가지는 것입니다. 남이 알아주지 않아도 묵묵히 자신의 일을 하는 발. 가정이나 일터에서 발 같은 사람이 되겠다는 마음을 가져보세요. 그런 생각을 가지면 마음이 편해집니다.

발처럼 남이 알아주지 않아도 서운해하지 않고, 발처럼 자신을 낮추고 남을 받들며 살아보세요. 그런 마음과 태도로 사는 사람은 머지않아 주위 사람들로부터 존경을 받게 됩니다.

맛있는 연기

담배는 기호품이라고 합니다. 기호란 즐기고 좋아한다는 뜻입니다. 담배를 피우는 분들은 당연히 담배를 즐기고 좋아하겠지요.

하지만 담배에 불을 붙이는 얼굴을 살펴보면 즐기고 좋아하는 것과는 거리가 있어 보입니다. 흡연 장소에서 만나는 사람들의 얼굴은 즐기고 좋아하는 모습이 아닙니다. 밝다기보다 뭔가 고민이 많은 표정일 때가 많습니다. 담배 연기를 내뿜는 모습도 한숨을 쉬는 듯합니다.

몸에 좋지 않은 담배를 피우면서 마음까지 찌푸리고 있으면 몸은 이중의 부담을 지게 됩니다. 담배를 끊는 게 쉽지 않다면 피울 때만 이라도 즐겁고 행복한 마음을 갖는 게 좋습니다.

담배를 꺼내 들면서 이제 자신에게 가장 행복한 시간이 시작됐다고 생각합니다. 속상한 일이 있더라도 다 잊어버리고 영화관에서 재미있는 영화의 시작을 기다리듯 설레는 마음을 가져봅니다. 담배를 입에 물 때는 입가에 가벼운 미소를 짓습니다. 불을 붙일 때 가슴속에 행복한 마음이 내뿜는 따뜻한 열기가 생겨남을 느껴봅니다. 담배 연기를 들이마실 때 좋은 기운이 온몸에 가득 찬다고 생각하고, 내뿜을 때 가슴속에 있는 속상함이나 응어리도 함께 빠져나가 사라진다고 상상합니다.

그렇게 몇 차례 담배 연기를 마시고 내뿜다 보면 마음이 행복해지는 것을 느낄 수 있습니다. 이제는 담배를 피우면서 떠오르는 모든 사람이 행복해하는 모습을 상상해봅니다. 머릿속에 떠오르는 모든 사람이 행복하기를 기도해보세요. 좋은 사람이든, 나쁜 사람이든, 자신에게 도움을 준 사람이든, 해를 끼친 사람이든 가리지 말고 행복하기를 빌어주세요.

우리 인생도 담배 연기처럼 언젠가는 허공으로 흩어질 것입니다.

행복한 일만 하고 살아도 짧은 인생이 아닌가요.

이런 방법으로 천천히 담배를 피우고 나면 속이 시원하고 마음도
가벼워집니다.

타자 껴안기

잊지 마세요. 아이는 스스로 갈망하는 생명의 자식임을.

부모님께 가장 좋은 보약은 자식의 열린 귀랍니다.

죽도록 미운 그 사람을 잘 보세요. 당신을 도우려고 내려온 천사니까요.

미소는 모든 사람에게 골고루 나눠줘도 줄어들지 않습니다.

이 세상에 사는 사람 수만큼 행복의 모습이 존재합니다.

우리는 어쩌면 특정 배역을 맡고 세상이란 무대에 등장한 배우일지 모릅니다.

달란트는 있다

아이를 사랑하세요? 모두들 그렇다고 답합니다.

정말 사랑하세요?

그럼요. 사랑하는 아이가 행복하길 바라시지요?

또 물으면 "그걸 말이라고 하세요?"라고 되물으실 수도 있을 겁니다.

잠깐 물러서서 우리 아이들이 행복한지 바라볼까요. 우리는 아이들을 행복하게 키우고 있습니까? 아이에게 물어본 적 있나요?

"너 지금 행복하니?"

제가 보기에는 행복한 아이들이 많지 않은 것 같습니다. 어떤 교수님의 말처럼 우리 사회는 행복을 유보시키는 곳 같습니다. 학생 땐 좋은 대학에 갈 때까지 좋아하는 걸 접어두라 하고, 대학에선 좋은 직장을 잡을 때까지 참으라고 합니다. 직장에 들어가선 승진을 위해, 승진한 뒤에는 아이들을 대학에 보낼 때까지 자신의 행복을 찾는 일을 뒤로 미룹니다. 그렇다면 우리는 언제 행복해질 수 있을까요. 그런데도 우리는 아이들에게 행복하기 위해 지금의 행복을 미루라고 합니다.

물론 아이를 무작정 놀리라는 말은 아닙니다. 그렇지만 아이들이 자신 안에 깃든 가능성을 살펴볼 수 있도록 다양한 경험을 주는 일은 필요합니다. 만약 아이가 지금 당장 그런 경험을 원하지 않는다면 기다릴 줄 알아야 합니다. 아이들은 박물관 안에서 전시품 아닌 바닥 타일에 눈길을 주거나 도서관에 가서 책보다 놀이에 빠져들기도 합니다.

우리는 그런 아이들을 기다려주지 못합니다. 미래에 대한 걱정 때문입니다. 늘 아이가 경쟁에서 뒤처지거나 잘못될지도 모른다고 걱정합니다. 그래서 자신의 아이를 다른 아이와 비교합니다. 모든

잊지 마세요. 아이는 스스로 갈망하는 생명의 자식임을.

아이의 생김새가 다른데도 부모들은 아이들을 재는 잣대가 똑같다고 착각합니다. 그 잣대를 들고 자신의 아이를 잽니다. 지금 나이에는 이런 행동을 해야 하고, 이런 말을 해야 하며, 이 정도의 사고력은 갖고 있어야 한다고 말입니다.

아이들이 커서 행복하게 살기를 바라는 마음에서 나오는 걱정은 어찌 보면 당연한 것입니다. 하지만 걱정하는 마음을 살짝 내려놓고 조금만 물러서서 바라볼 필요가 있습니다.

지구상의 사람들 모두 생김새가 다르듯, 아이들 모두 다른 가능성을 품고 있습니다. 아이들 안에 심어진 그 씨앗이 어떤 꽃을 피울지는 아무도 모릅니다. 싹이 트고 줄기가 힘차게 뻗어 올라갈 때까지 믿고 기다려야 합니다. 맞지 않는 거름은 씨앗을 썩게 만듭니다.

그런데도 우리는 똑같은 거름을 아이에게 퍼붓고 있습니다.

아이들을 믿어야 합니다. 아이들 안에 깃든 신성을 믿어야 합니다. 우리가 할 일은 아이 안에 숨겨진 씨앗이 싹틀 때까지 격려하고 지켜보며 기다려주는 것입니다. 그 씨앗을 우리는 달란트라고 부르고 정명(定命)이라고도 부릅니다. 시간이 지나면 아이 안에 깃든 씨앗은 모두 아름다운 꽃을 피웁니다. 우리가 할 일은 경이로운 눈으로 감탄하는 일입니다.

그래서 칼릴 지브란은 이렇게 말했습니다.

그대의 아이라고 해서 그대의 아이인 것은 아니다.

아이들이란 스스로 갈망하는 생명의 딸이며 아들인 것을!

그대를 거쳐왔으되 그대로부터 온 것은 아니며,

또 그들이 그대와 함께 있을지라도 그대에게 속한 것은 아니다.

아이를 있는 그대로 지켜보세요. 우리 아이만의 빛깔과 소리에
감탄해보세요. 그런 눈으로 아이를 대하는 것보다 좋은 명상은 없습
니다.

긍정의 힘

'이번 주말에는 아이들과 잘 놀아줘야지.'

늘 다짐하지만 어른들의 결심은 작심삼일이 아니라 하루도 가지 못합니다. 부대끼는 시간이 반나절만 지나면 마음에 들지 않는 모습이 눈에 뜨입니다. 함께 논다고 생각하지 않고 놀아준다고 생각하니 아이를 내려다보면서 판단하게 되는 것이지요. 그 정도까지는 그나마 괜찮습니다.

우리는 아이의 행동이 못마땅하면 나무라는 말을 하게 됩니다. 나무랄 때는 부정적인 말을 많이 씁니다. 조금 늦은 시간까지 놀고

당신의 말 한마디에 아이의 미소가 달려 있습니다.

있으면 "아직도 자지 않고 뭘 하냐"고 말합니다. 왜 걸핏하면 동생과 싸우느냐, 왜 그렇게 끈기가 부족하냐, 왜 그렇게 책 읽기를 싫어하냐 등등. 모두 부정적인 표현들입니다.

말에는 힘이 있다고 합니다. 말은 말을 하는 사람에게 먼저 영향을 줍니다. 아이에게 그런 말을 하는 어른들의 마음속에 우리 아이는 이러저러하다는 틀이 생깁니다.

말 자체가 주문이자 만트라일 수도 있습니다. 아이에게 그런 말을 되풀이할수록 틀은 더욱 또렷해집니다. 나중에는 그 틀 때문에 아이에 대한 불안감마저 생깁니다. 그런 말을 반복하고 그 틀이 견고해지면 실제 아이는 그런 식으로 바뀌어갈 수도 있습니다.

부정적인 말은 아이들 안에 깃든 밝은 심성에 상처를 주기도 합니다. 어린 시절 누군가에게 들은 말이 강박이 된 분들이 적지 않습니다. 이처럼 어른들의 부정적인 말 한마디가 자라나는 아이에게는 수십 년이 지나도 넘어서기 힘든 장해물이 될 수도 있습니다.

아이에게 긍정적인 말을 해보세요. 일찍 자야지, 동생과 사이좋게 지내렴, 하고 말입니다. 그리고 자주 칭찬을 해주세요. 누구는 동생과 참 잘 노네, 책 읽는 것을 좋아하는구나, 라고 말입니다.

긍정적인 말이 아이에게 힘이 되고 격려가 됩니다. 듣는 아이는 물론 말하는 사람의 생각도 긍정적으로 바뀝니다. 마음도 밝아집니다.

일체유심조

일체유심조(一切唯心造)라는 말을 많이 합니다. 모든 것을 마음이 짓는다는 뜻입니다. 다시 말하면 마음먹기에 따라 같은 상황도 다르게 바뀔 수 있다는 것입니다. 이 말을 할 때 예로 드는 것이 동굴에서 잠을 자다 해골에 고인 물을 감로수처럼 맛있게 드셨다는 원효 대사의 이야기입니다.

미각뿐 아니라 우리의 감각이 모두 그렇지만, 특히 소리 때문에 신경이 쓰일 때가 많습니다. 자연의 소리나 평화로운 음악을 들으면 마음이 편하지만 시끄러운 소리에는 짜증이 납니다. 도심의 매미 울음소리나 시골 논둑의 개구리 소리가 시끄러워 잠을 자지 못한다는 분도 많습니다.

코 고는 소리는 더욱 그렇습니다. 신경이 예민한 분들은 참으로 괴롭습니다. 출장이나 이런저런 모임이 있어 함께 자게 됐을 경우 일행 가운데 코를 고는 사람이 있으면 걱정이 앞섭니다. 머리를 바닥에 대기만 하면 곧바로 잠이 드는 분들은 모르지만 잠자리가 바뀌거나 시끄러운 소리가 들리면 잠을 못 이루는 분들은 밤이 무섭다는 생각마저 들 수 있습니다.

코 고는 소리를 듣다 보면 차츰 짜증이 나기 시작합니다. 가족이나 친한 사람이라면 참고 넘어갈 수도 있습니다. 그렇지 않을 경우 화가 납니다. 감정이 격해지면 속으로 그 사람에 대한 미운 감정이 치솟습니다. 뒤척이다 아침이 되어서 그 사람을 보면 괜스레 미워집니다.

그럴 때 가장 좋은 방법은 화를 내지 않고 돈이 좀 들더라도 방을 새로 얻는 것입니다.

그게 여의치 않으면 생각을 바꾸면 됩니다. 코 고는 소리를 들으며 그 사람의 부모 마음이 되어봅니다. 얼마나 피곤하면 저렇게 코를 골까 하고 안쓰러운 마음을 가져봅니다. 그리고 코고는 소리가 들릴 때마다 그 사람이 단잠을 잔다고 생각하며 기뻐합니다. 저렇게 깊은 잠을 자고 난 뒤에 피로가 풀렸으면 좋겠다는 생각을 하며 기뻐합니다.

드르렁 푸우 하는 소리가 들릴 때마다 그 사람의 부모가 된 듯이 참으로 기뻐하는 마음을 가집니다. 그러다 보면 잠이 잘 옵니다. 밤새 뒤척이더라도 아침에 일어났을 때 그 사람이 미워 보이는 일은 없습니다.

코고는 소리도 자장가처럼 듣는 비결이 있답니다.

물에 새기기

원수는 물에 새기고 은혜는 돌에 새기라는 말이 있습니다. 다른 이들로부터 도움을 받은 것은 잊지 말고 반드시 되갚고, 베푼 것은 쉬이 잊어버리라는 말입니다. 이 말은 행복한 삶을 살아가는 데 크게 도움이 되는 지혜입니다.

하지만 많은 분들이 이와 반대로 행동합니다. 좋은 일은 잘 기억하지 못하지만 남들로부터 피해를 본 일은 잊혀지지 않습니다. 자신에게 해를 입히거나 상처를 줬던 사람은 자꾸 기억이 납니다. 그럴 때마다 아쉽고 분하고 서운한 생각이 듭니다.

요즈음엔 돈 때문에 사이가 벌어져 서로 미워하는 경우가 많습니다. 많은 분들이 돈을 빌려가서 갚지 않는 사람들을 욕합니다. 어떤 자리에서건 누가 그 사람 이야기를 하면 덩달아 자신이 겪은 피해를 들며 마구 욕을 해댑니다.

그런 분들이 자주 하는 말이 있습니다. 그 돈 없는 셈 친다, 어려운 사람 줬다고 생각한다, 잃어버린 것으로 여긴다 등등. 말로는 없는 셈 친다고 하지만 실제로는 그렇지 않습니다. 돈을 돌려받고 싶은데 주지 않으니 화가 치밀어 오르는 것입니다. 패가망신하라고 저주를 퍼붓기도 합니다.

하지만 돈을 돌려받으려면 반대로 해야 합니다. 그 사람이 잘 되어야 돈을 갚을 수 있지 않겠습니까. 적어도 그 사람을 욕하지는 말아야 합니다.

이렇게 해보면 어떨까요? 그 사람이 생각날 때마다 잘 되기를 빌어줍니다. 그 사람이 하는 일이 잘 되어서 돈을 많이 벌게 되는 모습을 상상해봅니다. 기회가 있으면 잘 되도록 실제로도 열심히 도와주세요. 금전적인 도움이 아니라도 괜찮습니다. 격려의 말 한마디도 좋습니다. 그래야 그 사람이 성공할 확률이 조금이라도 높아집니다.

미운 사람을 위해 기도하면 내 마음이 편해집니다. 역시 남는 장사지요.

타자 껴안기

그렇게 하면 설사 돈을 돌려받지 못한다고 해도 마음은 편해집니다. 마음이 편해지면 몸도 건강해집니다. 이 어찌 축복이 아니겠습니까. 그래서 불가에서는 나에게 악한 일을 하는 사람도 불보살이라고 합니다.

명상은 특별한 게 아닙니다. 남을 용서하고 나에게 해를 입힌 사람에게까지 진심으로 대하고 정성을 다하는 것, 이것이 바로 명상입니다.

벨소리 명상

전화 때문에 속상할 때가 많습니다. 전화기 너머로 들려오는 목소리 때문입니다. 퉁명스럽고 화난 목소리가 있는가 하면 감정 없는 기계음처럼 이쪽 말을 건성으로 듣는다는 느낌이 드는 목소리도 있습니다. 자기 할 말만 하고 끊어버리는 목소리도 있습니다. 그런 전화를 받고 나면 기분이 나빠집니다.

전화 통화로 크게 마음 상한 적이 있는 분들은 전화벨 소리만 들어도 가슴이 쿵쿵거리고 불안해집니다. 가슴이 철렁 내려앉는 느낌이 들기도 합니다. 더구나 그런 전화를 아침에 받은 날은 온종일 기분이 좋지 않습니다.

생각을 한번 바꿔보면 어떨까요?

학교 다닐 때 부모님께 전화 걸었던 일을 떠올려보세요. 우리가 퉁명스럽거나 힘없는 목소리로 전화를 하면 부모님은 이렇게 말씀하셨습니다. "너 무슨 안 좋은 일이 있니?" 또는 "너 어디 아프니?" 라고 말입니다. 가족이나 연인 등 사랑하는 사람도 아마 그렇게 전화를 받을 것입니다.

일상에서 그런 마음으로 전화를 받아보세요. 상대방이 퉁명스럽게 굴면 '뭔가 기분 나쁜 일이 있었나 보다' 라고 이해하는 마음을 가져보세요. 화를 내면 '뭔가 화난 일이 있었나 본데 나라도 위로가 되도록 하자' 라고 생각합니다.

전화벨이 울리면 통화하기 전에 1초 동안이라도 마음을 모으는 시간을 가지면 더욱 좋습니다. 이제 내가 통화할 분에게 마음속으로 사랑하는 마음을 보내는 것이지요. 속으로 이런 말을 해보세요. 지금 나와 통화하게 되는 분이 늘 행복하고 평화롭기를!

물론 잠깐 동안 그렇게 마음속으로 기도를 한다고 해서 늘 좋은 전화만 받게 되는 것은 아닙니다. 하지만 그런 마음으로 전화를 받고 상대방의 말에 귀를 기울이면, 적어도 상대방의 거친 말 때문에 상처받지 않을 수 있습니다. 억지로 참고 베푸는 친절은 가슴속에 앙금을 남기고 언젠가는 그 앙금이 폭발합니다. 폭발하지 못하면 병이 됩니다. 그때는 언성을 높이면서 한판 싸움을 벌이는 게 낫습니다.

그런 마음으로 전화를 받게 되면 상대방의 목소리도 부드러워집니다. 상대의 처지를 안타깝게 여기고 이해하는 마음으로 전화를 받는 것, 그 또한 훌륭한 명상입니다. 이제 전화벨이 울릴 때마다 마음이 즐거워집니다. 아, 명상시간이구나.

따르릉~. 다시 명상의 시간이군요.

듣기 보시

정신과 의사나 심리상담을 하는 분들이 가장 많이 하는 일이 그냥 들어주는 것입니다. 어떤 가치 판단이나 선입견이 없이 그 사람의 이야기를 들어줍니다.

하지만 요즈음 사람들은 상대방의 말을 제대로 들으려고 하지 않습니다. 듣기보다 말하려는 사람이 더 많습니다. 모두들 '내 말 좀 들어봐'라고 합니다. 네다섯 명이 모인 자리에서도 시간이 조금 지나면 이야기하는 그룹이 나뉘어 있는 것을 봅니다. 다들 할 말이 많은데 여러 명이 함께 이야기를 나누면 말할 기회가 줄어들어서 그럴 겁니다. 그만큼 현대를 살아가는 우리는 가슴에 맺힌 게 많은가 봅니다. 누구라도 붙잡고 자신이 속상했던 일, 억울했던 일, 슬펐던 일을 털어놓고 싶은데 들어주는 사람을 찾기가 힘듭니다.

다른 사람의 말을 들어주는 것은 큰 공부가 됩니다. 그러나 쉽지 않은 일입니다. 그 사람의 말에 판단을 하지 않으면서 듣기는 더욱 어렵습니다. 판단을 하지 않아야 올바로 들어주는 것입니다. 이 또한 연습이 필요합니다.

먼저 우리 몸 안에 두 귀에서 아랫배로 연결된 이어폰 줄이 있다고 상상합니다. 그리고 상대방의 말을 들을 때 그 말이 귀를 통해 몸 안의 선을 따라 아랫배까지 내려간다고 생각해보세요.

아랫배에 귀가 있다고 여기는 것입니다. 그런 방법으로 들으면 상대방이 하는 말에 담긴 뜻을 잘 이해하게 됩니다. 그 사람의 처지가 이해가 되고 적절한 조언도 떠오르게 됩니다. 또 자신이 하는 말에 조리도 있어집니다.

이 같은 연습은 일상에서도 가능합니다. 특히 속상한 말을 들을 때는 그런 방법이 크게 도움이 됩니다. 상처 주는 말을 들을 때 화를 내거나 자리를 박차고 일어나는 대신 그 사람이 하는 말을 차분

이어폰 줄이 아랫배까지 이어져 있나요?

타자 껴안기

히 아랫배로 들어보세요. 그러면 상대방이 한 비판 가운데 자신에게 약이 되는 것은 취하고, 터무니없는 것은 마치 남의 일처럼 담담하게 들어 넘길 수 있습니다. 상대방에 대한 원망이나 서운함도 줄어듭니다.

거래를 할 때도 마찬가지입니다. 사기는 욕심 때문에 당하는 경우가 많습니다. 욕심을 불러일으키는 말에 혹해서 비정상적으로 과도한 수익을 얻으려 하기 때문에 사기를 당하는 것입니다. 상대방의 말에 혹해 귀를 쫑긋 세울 게 아니라 아랫배로 상대방의 이야기를 들어보세요. 그렇게 하면 헛된 욕심이 일어나지 않고 상대방의 말에 현혹되지도 않습니다.

경청이 보약이다

누구나 나이가 들면서 몸이 약해집니다. 병이 찾아오기도 합니다. 나이 드신 분들은 몸의 작은 변화에도 마음이 쓰입니다. 당연한 일입니다. 부모님들이 바로 그렇습니다. 자식들은 처음에 부모님이 아프다는 얘기를 들으면 걱정을 합니다. 하지만 몸이 특별히 아픈 것도 아닌 듯한데 그런 말씀을 반복해서 하면 자식들은 짜증을 내는 경우가 많습니다. 나이가 들면 으레 그런 건데 왜 조금만 불편해도 자식들을 찾고, 병원에 가고 약을 지어 드시려고 하세요, 라며 불평하기도 합니다.

생각을 바꿔보세요. 부모님은 병원이나 한의원보다 대화를, 아니

부모님께 가장 좋은 보약은 자식의 열린 귀랍니다.

자식들의 관심을 더 바라시는지도 모릅니다.

마음이 병을 낳는 경우가 많다고 합니다. 특히 어머니들은 마음 때문에 몸이 나빠진 분들이 참 많습니다. 불합리한 고부관계와 가부장제 아래서 억울한 일을 당해도 참고 삭이며 사신 분들이 대부분입니다. 그런 속상함과 억울함이 어머니들에게 흔한 관절염과 신경통의 원인이라고 말하는 한의사들도 있습니다.

기회가 되면 어머니의 말씀을 듣는 시간을 가져보세요. 대부분의 어머니들은 자식들이 말문을 막지만 않으면 지나온 삶에 대해 말하고 싶어하십니다. 어머니께서 지나온 삶에 대해 말씀하실 때 고요한 마음으로 들어보세요. 어머니의 처지가 되어서 함께 울기도 하고 웃기도 하면서 부모님의 삶을 마음으로 살아보세요. 한참 이야기를 나누고 나면 어머니께서는 한숨을 크게 내쉬고 눈물을 닦으시면서 괜한 얘기를 했다고 멋쩍어 하실 수도 있을 겁니다. 그런 시간을 자주 가져보세요. 시간이 갈수록 어머니께서 지난 일을 말하는 횟수가 줄어들 겁니다. 반대로 건강은 좋아지시구요. 어머니의 손을 꼭 잡고 이야기를 들어주는 것 자체가 훌륭한 명상이자 효도이며 부모님의 건강에 도움이 되는 보약입니다.

바른 처세를 위한 기도

윗사람 앞에서 겸손하되 당당한 사람이 되게 해주십시오. 그의 권위나 나이에 주눅 들지 않고 그에게 바른 말을 솔직하게 할 수 있는 사람이 되게 해주십시오.

뒤에서 비난하지 않고 앞에서 비판할 용기를 갖게 해주십시오.

그와 사이가 나빠질지도 모른다는 걱정으로 그에게 진정으로 도움이 될 비판을 삼가는 일이 없게 해주십시오.

진심과 애정을 담은 말로 그를 비판하게 해주십시오. 그가 선의를 이해하지 못하고 화를 내더라도 미워하지 않게 해주십시오. 더욱 더 바라는 일은 그가 제 비판을 받아들이지 않더라도 속상해하거나 실망하지 않는 것입니다.

물러나서는 제 눈이 그의 모자란 점보다는 좋은 점을 보게 해주십시오. 그를 만날 때마다 조금이라도 나아지는 모습을 보면서 기쁨을 느끼게 해주십시오. 남들이 그의 나쁜 점을 말하면 그런 비판에 동조하거나 다른 이에게 옮기는 대신 뒤에서 조용히 그의 부족함을 채워주는 사람이 되게 해주십시오.

후배들 앞에서 늘 겸손한 사람이 되게 하여주십시오. 나의 잘못을 비판하는 그들의 말에 귀를 기울이는 사람이 되게 하여주십시오. 그의 말이 다소 거칠어도 상처받거나 그를 미워하는 대신 그의 열정과 용기를 보게 해주십시오.

나보다 앞선 이들을 질투하는 게 아니라 그의 성공을 기뻐하는 사람이 되게 하여주십시오. 그 사람의 자리를 부러워하는 대신 그가 흘린 땀을 보고 배우는 자세를 갖게 해주십시오. 윗사람이 나보다 더 무거운 책임을 맡고 있음을 알고 그 짐을 나눠지려 노력하게 해주십시오. 또 아랫사람에게 내가 가진 경험과 지혜를 기꺼이 전해주는 사람이 되게 해주십시오.

그리하여 이 세상은 너와 나가 아니라 우리가 함께 만들어가고 있음을 깨닫게 해주십시오.

부처가 되는 법

세상에는 절대 선도 절대 악도 없습니다. 살인을 저지른 죄인에게도 가난한 이를 돕고자 하는 마음이 있고, 존경받는 유명인사도 비판받아 마땅한 어두운 면이 있습니다.

가족이나 회사 동료들도 마찬가지입니다. 사람은 누구나 부족한 점이 있습니다. 처음 만나 함께 지낼 때는 좋은 점만 보이다가도 좀 더 깊이 알게 되면 나쁜 점들이 눈에 띄기 시작합니다. 부부도 그렇습니다.

문제는 사람들이 좋지 않은 점을 더 잘 기억한다는 겁니다. 자신에게 잘해줬던 일은 금세 잊어버리고 조금이라도 서운했던 것은 오래 시간이 흐른 뒤에도 잘 잊지 못합니다.

다른 사람을 평할 때도 나쁜 점을 더 많이 이야기합니다. 칭찬보다는 비판을 할 때가 많습니다. 당사자가 없는 곳에서 그 사람을 헐뜯고 비판합니다. 그런 '뒷담화' 는 누구에게도 도움이 되지 않습니다. 그렇게 보이지 않는 곳에서 남을 헐뜯고 나면 마음이 편치 않습니다. 당사자를 만나면 괜스레 눈을 피하게 됩니다. 양심 때문이지요.

늘 다른 사람의 좋은 점을 보려고 노력하세요. 혼자 있을 때 가족과 주위 사람들을 한 분씩 떠올리며 그들에게 도움을 받았던 일이나 그들의 장점을 생각해봅니다. 그분이 환하게 웃는 모습을 상상해도 좋습니다. 그렇게 한 분 한 분 떠올려가다 보면 자신도 모르는 사이에 기분이 좋아지고 입가에 미소가 돌게 됩니다. 다른 이들과 얘기를 나눌 때도 가능하면 긍정적인 대화를 나누려 노력해보세요.

그런 연습을 일상에서도 적용해봅니다. 출근 뒤 직장동료들을 만나면 연습했던 대로 그 사람의 좋은 점을 떠올립니다. 그 사람의 좋은 점이 점점 커진다고 상상합니다.

그렇게 연습을 하다 보면 주위 사람들이 모두 사랑스러워집니다. 스스로도 너그러워지고 소원했던 관계도 좋아집니다. 부처 눈에는 부처만 보인다고 하지요. 부처가 되는 방법입니다.

천사를 용서하라

너무 미워서 도저히 용서가 되지 않는 사람이 있다고 말하는 분들이 있습니다. 그런 분들을 위해 어떤 책에서 읽은 우화를 소개합니다.

하늘나라에 천사들이 살고 있었습니다. 그곳은 모두가 모두를 한 몸처럼 여기고 아끼는, 그런 행복한 곳이었습니다. 한 천사가 그곳 도서관에서 책을 읽다가 용서라는 말을 발견했습니다. 말뜻은 알았지만 그 천사는 용서라는 말의 생생한 느낌을 체험하고 싶었습니다. 하늘나라의 법칙인 '사랑'처럼 줄 때와 받을 때의 느낌이 궁금했습

죽도록 미운 그 사람을 잘 보세요. 당신을 도우려고 내려온 천사니까요.

니다. 고민하는 그에게 하늘나라의 다른 천사가 말했습니다.

"하늘나라에서는 용서를 체험할 수가 없어요. 용서는 용서할 대상이 있어야 하는 것이지요. 그 대상은 용서하는 주체를 힘들고 괴롭게 하는 행동을 해야 하는데 이곳에는 그런 사람이 없습니다. 그런 경험을 하려면 지구로 가야 합니다. 하지만 도와줄 사람이 있어야 합니다. 당신이 용서를 체험하고 싶다고 한다면 제가 지구에 같이 태어나서 당신을 괴롭히는 노릇을 하겠습니다."

천사는 정말 기쁘고 고마웠습니다. 지구로 떠나기 직전 들떠 있는 그 천사에게 지구로 함께 떠나기로 한 선배 천사가 말했습니다.

"지구에서 우리는 서로 알아보지 못할 것입니다. 하지만 한 가지만 기억해주세요. 당신을 괴롭히고 힘들게 하는 사람을 만나게 되고 정말 그 사람이 죽이고 싶도록 미워질 때 그 사람이 당신을 돕기 위해 지구로 함께 떠난 천사라는 사실을 말입니다."

주위를 둘러보세요. 천사가 보이나요? 용서하세요. 용서는 당신 안에 깃든 사랑의 씨앗에 싹을 틔워 온 세상을 사랑할 수 있도록 만들어줄 것입니다.

손님을 끄는 법칙

금은방을 운영하는 한 부부 이야기입니다. 장사가 되지 않아 고민하던 부부가 평소 다니던 절의 스님에게 사정을 털어놓았습니다. 스님은 부부에게 비결을 알려줬습니다.

그로부터 한참 뒤 부부는 스님을 찾아와 덕분에 손님이 크게 늘고 장사가 잘 된다면서 적지 않은 시줏돈을 내놓았습니다. 실제 있었던 일입니다.

스님이 말한 비결이 뭘까요. 대단한 게 아니었습니다. 스님은 독실한 불자인 부부에게 오는 손님을 모두 부처님처럼 대하라고 했습

미소는 모든 사람에게 골고루 나눠줘도 줄어들지 않습니다.

니다. 귀금속을 사든 사지 않든 가게를 찾는 모든 손님을 똑같이 부처님 섬기듯이 귀하게 모시라는 것입니다.

부부는 스님 말대로 하려고 노력했습니다. 이전에는 가게를 찾아오는 손님을 이리저리 재고 판단했습니다. 분별을 한 것이지요. '큰손'으로 보이는 손님에게는 더 친절하게 대했고 그냥 구경만 하고 가는 사람들에게는 서운한 마음을 품었습니다.

스님 말을 듣고부터는 찾아오는 손님 모두를 똑같이 대했습니다. 물건도 정직하게 팔았습니다. 부처님에게 물건을 팔면서 속일 수야 없지 않겠습니까. 아무것도 사지 않고 돌아서는 손님에게도 문간까지 따라 나가 덕담과 함께 깍듯하게 인사를 했습니다. 그러고 얼마 지나지 않자 부부의 가게에는 손님들이 늘기 시작했습니다. 매상도 몇 배가 올랐습니다.

부부가 성공한 비결은 바로 정직, 친절, 정성이었습니다. 어느 수행 단체의 큰 스승님도 같은 말씀을 하셨습니다. 콩나물 장사를 하더라도 마음만 제대로 쓰면 먹고 사는 것은 물론이고 자식을 대학 보내는 데 필요한 돈 정도는 어렵지 않게 벌 수 있다는 것입니다. 콩나물을 사러 오는 모든 분들을 귀하게 여기고, 콩나물을 담아줄 때 손님과 그 가족이 콩나물을 먹고 건강하고 행복하길 바라는 마음을 담아 건네라는 것입니다. 그 마음이 전달되어 손님이 끊이지 않고 복이 찾아올 것이라는 게 스승님의 가르침입니다. 마음을 담은 장사, 신나지 않습니까?

60억 개의 행복

명절이나 경조사 때면 친척이나 친구 등 많은 사람들을 만납니다. 그런 만남을 통해 우리는 서로의 근황에 대해 알게 됩니다. 만남은 우리 마음에 흔적을 남깁니다. 가끔씩 보는 친척들과의 만남은 더욱 그렇습니다.

서로 사는 이야기를 주고받다 보면 자신도 모르게 비교하기 시작합니다. 친척들은 물론 친구조차 이른바 잘나가는 사람을 더욱 반기는 것 같습니다. 그런 모습을 보면 왠지 주눅이 들고 속도 상합니다.

한번 크게 생각해보세요.

지구상에 사는 사람 수만큼 행복의 모습이 존재합니다.

빈부나 사회적 지위의 높고 낮음은 사람들이 만든 잣대에 불과합니다. 그런 껍질 때문에 우리가 상처 받을 이유가 없습니다.

우리는 어쩌면 특정 배역을 맡고 세상이란 무대에 등장한 배우일지 모릅니다. 모두가 자신의 역에 최선을 다하면 됩니다.

성인들의 가르침을 믿어보세요. 부처님은 삼라만상 안에 모두 부처가 있다고 하셨습니다. 우리 안에 불생불멸의 부처가 있는데 부러울 게 무엇이겠습니까. 예수님도 우리가 하느님의 자녀라고, 필요한 것은 하느님이 모두 다 주신다고 말씀하시지 않았습니까. 모두가 하느님의 품 안에서 그분의 계획대로 이뤄지는 삶입니다.

자신을 사랑하는 일이 필요합니다.

틈나는 대로 눈을 감고 자기 안에 깃든 신성을 떠올려봅니다. 우리 안에 있는 부처와 그리스도가 태양처럼 밝게 빛나는 모습을 생각합니다. 그 빛이 자신의 몸을 환하게 감싸고 주위까지 밝게 비추는 모습을 떠올려봅니다. 그럴 때 얼굴에 밝은 미소가 떠오릅니다.

우리 안에 영원한 부처와 그리스도가 있다는 것을 믿을 때 우리의 삶은 어느 시인의 말처럼 즐거운 소풍이 될 수 있습니다. 굳이 다른 사람의 삶과 비교하며 웃고 울 이유가 없습니다.

*수록이미지 저자권
　류우종　16쪽 23쪽 29쪽 33쪽 41쪽 71쪽 74쪽 97쪽 106쪽 121쪽 145쪽 157쪽 161쪽 190쪽
　편진영　48쪽 170쪽 197쪽

하루에 단 한 번

초판　1쇄 발행 _ 2008년 10월 9일
　　　　2쇄 발행 _ 2010년 4월 5일

지은이　권복기
펴낸이　이기섭
편집주간　김수영
기획편집　김윤희
마케팅　조재성 성기준 한성진
관리　　김미란 한아름

펴낸곳　한겨레출판(주)
등록　　2006년 1월 4일 제313-2006-00003호
주소　　121-750 서울시 마포구 공덕동 116-25 한겨레신문사 4층
전화　　마케팅 6383-1602~4 기획편집 6383-1607
팩시밀리　6383-1610
홈페이지　www.hanibook.co.kr
전자우편　book@hanibook.co.kr

● 값은 표지에 있습니다.
● 파본이나 잘못된 책은 서점에서 교환하여 드립니다.

ISBN 978-89-8431-287-9　03810